光文社文庫

文庫書下ろし／長編時代小説

ほっこり粥(がゆ)

人情おはる四季料理(二)

倉阪鬼一郎

光　文　社

この作品は光文社文庫のために書下ろされました。

目次

第一章　鰹(かつお)と鮎(あゆ)

一

晴

「おう、今日ものれんが笑ってら」

客が行く手を指さした。

のれんに大きく染め抜かれた文字は、たしかに笑っているように見える。

「見ただけでほっこりするな」

そのつれが歩きながら言う。

そろいの半纏をまとった大工衆だ。

これから、晴やの中食に行くところだ。おかみの名がおはるだから、「はるや」だと思いこんでいる客もいるが、「はれや」と読む。

江戸に暗雲が漂わぬよう、みな晴れやかな気持ちで暮らせるようにという願いをこめてつけられた名だ。

「おっ、今日は楽に間に合うな」

うしろからべつの客が来た。

「おう、一日三十食かぎりだから」

大工の一人が振り向いて言った。

晴やの中食は、数をかぎっている。初めのころは十食だったのだが、あまりにも少ないと文句が出てしまったため数を増やした。

それでも、厨は元町方の廻り方同心の優之進が一人で切り盛りしている。三十食が精一杯だった。

「相済みません。数にかぎりがございまして」

のれんと同じ柑子色の着物をまとったおかみのおはるが頭を下げた。

髷に挿した藤のつまみかんざしがふるりと揺れる。

「なに、慣れてるからよ」

「間に合ったらいいんで」

そろいの半纏姿の大工衆がそう言って、座敷に先んじて上がった。

ここは大鋸町——。

紅葉川という小さな掘割に面したところだ。木挽とも呼ばれる大鋸職人が集まって住んでいたところからその名がついた。

日本橋と京橋のあいだだが、見世や問屋などが並ぶ近くの中橋広小路とは違って、職人町の一角はいたって地味なたたずまいだった。その一角に晴やののれんが出ている。

その後も中食の客は次々に来た。一枚板の席と小上がりの座敷に加えて、花茣蓙を敷いた土間も埋まってきた。

一枚板は木目の美しい檜だ。厨の前にしつらえられているから、できたての料理をすぐ味わえる。料理人の包丁さばきを見て、言葉のやり取りをすることもできる。

いくたりかで語らいながらじっくり呑むのなら、やはり座敷が落ち着く。さほど広くはないが、季節の花が活けられた趣のある座敷だ。

河岸で働く男たちなど、急いで中食をかきこみたい客は土間に陣取る。花茣蓙も季節によって替えることにしていた。いま敷かれているのは夏らしい「竹の春」の花茣蓙だ。

「お待たせいたしました。鰹のいぶし造り膳でございます」

おかみのおはるが座敷に膳を運んでいった。

「おう、こりゃうまそうだ」

「鰹は梅たたきもうめえけどよ」

「竜田揚げや手捏ね寿司も出るぜ」

大工衆がにぎやかに受け取った。

「こちらもお待たせしました」

一枚板の席には、優之進が厨から出した。

「これはうまそうだな」

近くに住む剣術指南の武家が言った。

「さっそくいただきましょう」

一緒に来た門人が笑みを浮かべる。

「うむ」

武家は鰹に箸を伸ばした。

節おろしにした鰹に、扇形に金串を打ってこんがりと焼く。初めは皮目を焼き、いい色の焼き目がついたら身のほうもさっと焼く。

冷たい井戸水に落として冷まし、串を抜いて水気を拭き取る。さらに、かたく絞った濡れ布巾をかぶせ、半刻（約一時間）ほど置く。

ここからが料理人の腕の見せどころだ。

皮目を上にしてまな板に置き、調子よく引き造りにする。身の厚いほうが向こう側で、包丁を手前に引く。

それから、刷毛で加減酢を塗る。酢と濃口醤油と煮切った味醂を合わせた風味豊かな加減酢をほどよく塗ると、いぶし造りに芯が通る。

器に盛り付けたら、刻み葱や青紫蘇、それに、大蒜の薄切りなどの薬味をたっぷり載せる。

「練り辛子をまぜて食すのだな？」

剣術指南の武家が膳に添えられた大きめの猪口を指さした。

中には加減酢が入っている。

「はい、さようです。辛子はお好みでどうぞ」

おはるのほおにえくぼが浮かんだ。晴やのおかみが笑うと、左のほおに小さなえくぼが浮かぶ。

「おいらは辛子をたっぷり溶いて食ったぜ。これがうめえんだ」

「料理屋みてえで、上品じゃねえか」

　大工衆が言う。

「料理屋みてえって、晴やは料理屋じゃねえかよ」

「あっ、そうか」

　大工の一人が髷に手をやった。

「中食のときは、飯屋ですから」

　厨から優之進が言った。

「飯屋のあるじには見えねえな」

「そりゃ、元は町方の同心様だからよ」

「いくたびも手柄を立てたのに、もったいねえこって」

　大工衆が口々に言った。

「うむ、辛子を溶くと、ことのほかうまいな」

　武家が満足げに言った。

「もうなくなっちまったな」

「そりゃ、おめえが食ったからよ」

「しょうがねえな」

大工衆がさえずる。

「ところで、なぜ町方をやめたのだ？　いくたびも手柄を立てていたそうではないか」

剣術指南の武家がいぶかしげに問うた。

「はあ、それは……」

優之進はおはるのほうをちらりと見てから続けた。

「いろいろと思うところがございまして」

元同心はややあいまいな返事をした。

「思うところ、か」

武家が言う。

「はい。思うところ、としか」

優之進は言葉を選んで答えた。

「長いお話になりますので」

おはるが助け舟を出した。

「そうか。ならば致し方ない」

武家はそこで問いを打ち切ってくれた。

優之進はいくらかほっとした顔つきになった。

二

一日三十食の中食は、今日も滞りなく売り切れてくれた。

短い中休みをはさんで二幕目になる。

「さて、お惣菜をもらって帰ろうかね」

長屋の女房で、中食の膳運びの手伝いをしているおまさが言った。

「たくさんお持ち帰りください」

おはるが笑顔で言った。

「でも、売り物だから、控えめに」

もう一人の手伝いのおそのが言った。

「遠慮しないでください。まだ手間賃を多く出せないので」

優之進が厨から言った。

「なら、高野豆腐がおいしそうだったから」

おまさが大皿に盛られているものに菜箸を伸ばした。

「うちの高野豆腐は、あとから甘みが伝わる味つけにしてありますので」

優之進が言う。

「そうそう。晴やさんのお料理は、わっと甘みやうまみなどが押し寄せてこなくて、あとからじわっと伝わってほっこりする味つけだから」

おそのが言う。

「そう言っていただければ」

優之進が笑みを浮かべた。

「煮物には料理人さんのお人柄が出るのよ。……なら、金平と切干大根もいただくわね。うちの人の好物だから」

おまさの菜箸がまた動いた。

ここでもう一人、長屋の女房が姿を現した。

おたきだ。

「高野豆腐はいかが？　わたしは多めにもらったけど」

おまさが鉢を少しかざした。

「なら、いただきます」

おたきが明るい表情で言った。

つらいことがあって、一時は大川に身を投げようかと思いつめたこともあった女だが、晴やの取り持つ縁で立ち直り、いまは長屋で袋物の内職をしながら堅実に暮らしている。

「みゃーん」

その足元に、猫がすり寄ってきた。

「あら、黒兵衛（くろべえ）ちゃん、見るたびに大きくなってるみたいね」

おたきが笑顔で言った。

実家で猫をずっと飼っていたらしく、猫あしらいはお手の物だ。その表情を見ただけで猫好きだと分かる。

黒兵衛は晴やに居ついたので飼うことにした猫だ。その名のとおりの黒猫で、目が黄色い。赤い首紐と鈴をつけたら、ぐっと飼い猫らしくなった。晴やに姿を現したときは子猫に毛が生えたくらいだったが、猫の子の成長は早い。餌もよく食べるし、これからひとかどの猫に育っていくだろう。

「うちの福猫ですから」

おはるが言った。

「お客さんを招いてくれ」

優之進も声をかける。

「分かってるわね」

おたきがそう言って首筋をなでてやると、黒兵衛は気持ちよさそうにのどを鳴らした。

三

中休みが終わり、二幕目に入った。

まずやってきたのは家主の杉造だった。このあたりにいくつも長屋を持っている顔役で、困っている店子からは無理な取り立てをしない人情家主だ。齢はだいぶ重ねているが矍鑠としており、顔の血色もいい。

「今日の中食はどうだった?」

杉造が温顔で問うた。

「ありがたいことに、売り切れてくれました」

おはるが笑顔で答えた。

「そうかい。そりゃ何よりだ」

人情家主が言った。

「このところは雨降りでも売り切れてくれるので助かります」

優之進が厨から言った。

「お客あってのあきないだからね。感謝しなければ」

杉造が笑みを浮かべる。

「本当に、助かります」

おはるが両手を合わせた。

ここで足音が響き、一人の男があわただしく入ってきた。

「あら、猛さん」

おはるが言った。

晴やかに姿を現したのは、南町奉行所の定廻り同心、吉塚猛兵衛だった。

「おう、茶を一杯くんな。またすぐ廻り仕事だから」

猛兵衛は指を一本立てた。

「精が出ますな、旦那」

人情家主が言う。

「なに、つとめだからよ」

同心が白い歯を見せた。

「お待たせで」

ほどなく、優之進が茶を運んでいった。

「ありがとよ」

従兄（いとこ）の猛兵衛が受け取った。

三つ年上だから、兄のようなものだ。

元は綱島（つなしま）猛兵衛だった。優之進が思うところあって十手（じって）を返上したため、吉塚家の養子となって同心株を継いだ。本来なら地味なお役目に就いて一生を送らねばならないところを、思わぬお鉢が回ってきたから、意気に感じて張り切って廻り仕事をつとめている。

「このところ、町のほうはどう？　猛さん」

おはるがたずねた。

「空き巣がだいぶ出ててな」

猛兵衛は顔をしかめて、苦そうに茶を啜（すす）った。

「そりゃ物騒（ぶっそう）で」

厨に戻った優之進が言った。

「得意の勘ばたらきで捕まえてくんな。おれも手下たちも目は光らせてるが」

廻り方同心が答えた。

「早く捕まるといいけど」

おはるが言う。

「あとで手下も寄ると思う。晴やの茶を呑んだら、力がわいてきた」

一枚板の席に湯呑みを置くと、猛兵衛はすっと腰を上げた。

「気張ってくださいまし」

おはるが声をかけた。

「おう」

猛兵衛はいなせに右手を挙げた。

四

定廻り同心の言ったとおりだった。

ややあって、十手持ちとその子分の下っ引きが晴やに姿を現した。いつもにぎやかに掛け合いながらやってくるから、遠くからでも分かる。

「茶を一杯おくんなせえ」

韋駄天（いだてん）の市蔵（いちぞう）が言った。

その名のとおりの足自慢で、十手持ちばかりか、町方すべてを見渡しても右に出る者のない韋駄天だ。いざというときにはその快足が役立つ。

「はい、ご苦労さまで」

おはるがすぐさま動いた。

「そっちは飯かい？」

優之進がもう一人の男に問うた。

「いやいや、さっき食ったばっかりで。行く先々で飯を食ってたら腹が出ちまいまさ」

市蔵の手下の下っ引きが答えた。

その名も三杯飯の大吉だ。

「おめえはただでさえ腹が出てるじゃねえか」

市蔵があきれたように言った。

元相撲取りらしい太鼓腹だ。なにぶん腹が邪魔をするものだから俊敏さに欠けるが、持ち前の人の好さで聞き込みはうまい。

「身が重すぎると、こけて怪我をするぞ」

かつての上役の優之進が言った。

もう手下ではなくなったが、市蔵も大吉もこうして折にふれて通ってくれる。

「へい、廻り仕事で汗をかくようにしまさ」

大吉が額に手をやった。

「お待たせで」

おはるが盆を運んできた。

湯呑みが二つ載っている。

十手持ちと手下はさっそくのどをうるおしだした。

「空き巣が出てるそうだな」

優之進が厨を出て言った。

「そのとおりで」

市蔵は湯呑みを置いてから続けた。

「十文字の旦那によると、独りばたらきじゃねえんじゃねえかと」

「まあ、父上が」

おはるが言った。

おはるの本名は十文字晴乃だ。父の十文字格太郎は町方の隠密廻り同心で、さまざまななりわいに身をやつしながらいまも廻り仕事に精を出している。

町場の女房になったのだから、「父上」はないだろう、「おとっつぁん」でいい。

格太郎からはよくそう言われているのだが、つい習いで「父上」と言ってしまうこともあった。

「かしらがいて、いくたりも手下を束ねてるんじゃねえかっていう話で」

三杯飯の大吉がそう言って、湯呑みの茶を呑み干した。

「そのうち押し込みでもやらかしかねねえから、小火のうちに消しておけと長井様が町方の手綱を締めているところで」

韋駄天の市蔵が言った。

「なるほど」

優之進がうなずく。

長井半右衛門与力は、優之進のかつての上役だ。有能な同心が十手を返上したことをいまでも惜しんで、ときおり晴やののれんをくぐってくれる。町場でもいいからいま一度十手を持たないかと折にふれて水を向けられるのだが、思うところあって優之進は固辞しつづけていた。

「そうそう。十文字の旦那も日本橋から京橋のあたりを廻っているから、顔を出すかもしれねえ」

市蔵が言った。

「承知で」

おはるが笑みを浮かべた。

晴やの界隈は地味なたたずまいだが、繁華な日本橋や京橋には存外に近い。ちょうどいい湊のようにひと息入れていくには恰好の場所だ。

「おっ、そろそろ行くぜ」

十手持ちが言った。

「へい」

腹の出た下っ引きがやや大儀そうに立ち上がった。

「気張ってな」

優之進がかつての手下たちに声をかけた。

五

「お、貸し切りだね」

上背のある隠居がのれんをくぐるなり言った。

書物問屋の山城屋の佐兵衛だ。いつものように、お付きの手代の竹松を従えている。

「いらっしゃいまし」

おはるが笑顔で出迎えた。

「いい笑顔だね」

山城屋の隠居がそう言って一枚板の席に腰を下ろした。

手代も続く。

「二幕目にどなたもいらっしゃらなかったらと思うので、ほんとにありがたいです」

おはるが言った。

「初めのころならともかく、いまは千客万来だろうに」

佐兵衛が笑みを浮かべた。

「いえ、皮切りのお客さまが見えたらほっとしますよ」

おはるが胸に手をやった。

「こちらに初めて入ったのは、まだ千客万来の前でしたからね、大旦那さま」

手代の竹松が言った。

「そうだったね。……今日は何が入ってるかい？」

山城屋の隠居は厨にたずねた。

「中食にお出しした鰹に、鮎もいいものが入ってます」

優之進が答えた。

「なら、鮎の塩焼きをもらおうかね。それと、いつものので」

佐兵衛が指を一本立てた。

「承知しました」

優之進がすぐさま答えた。

ぬる燗を一本だ。

山城屋は日本橋通二丁目の書物問屋だ。屋号の玉山堂でも知られている。読本などを扱う地本問屋とは違って硬い書物が多く、唐本、和本から諸宗派のお経などを手広く扱っている。身代は跡取り息子に譲ったが、長年培ってきた顔があきないに活きる。そこで、佐兵衛はほうぼうで油を売りながらも、おもだった得意先をゆっくりと廻っていた。

「小鮎の南蛮漬けの食べくらべもお出しできますが」

優之進が水を向けた。

「ほう、食べくらべとは？」

山城屋の隠居が問う。

「小鮎の南蛮漬けは、かりっとした漬けたても、二、三日置いた味がしみたものもおいしいので、食べくらべてみてはいかがかと」

優之進が答えた。

「ご飯にも合いますよ」

おはるが言う。

「はは、あきないがうまいね。……おまえはおなかが空いてるだろう」

と、手代の顔を見る。

「はいっ」

竹松が元気よく答えたから、晴やに和気が漂った。

酒が来た。

ほどなく、飯と南蛮漬けも出た。

「こっちが漬けたてだね。色合いを見ると分かる」

山城屋の隠居が手で示した。

小鮎に粉を振って揚げる。それから油を切り、もう一度揚げる。二度揚げにすると、いい塩梅(あんばい)にからりと揚がる。

これを南蛮酢に漬ける。

酢と濃口醤油と酒が一ずつの割りで、ひと煮立ちしたところで斜め切りの葱と輪切りの唐辛子を加える。小鮎を漬けたら蓼(たで)の葉を散らす。あとは漬けたてか、味がしみるまで待つか。どちらも甲乙つけがたいほどうまい。

「味がしみてるほうがご飯に合いそうです」

竹松が身を乗り出した。

「なら、おまえはそうしなさい」

佐兵衛が温顔で言った。

「はいっ」

また手代の元気のいい声が響いたとき、外で足音が響き、のれんがふっと開いた。

「あっ、ち……じゃなくて、十文字の旦那」

おはるが言い直した。

思わずまた「父上」と言ってしまいそうになったのだ。

晴やかに姿を現したのは、隠密廻り同心の十文字格太郎だった。

六

「せっかくだから、鮎の塩焼きを食べていくかな」

十文字格太郎がそう言って、頰被り(ほおかぶ)りを脱いだ。

嚢(ふくろ)を背負い、行商をするあきんどに身をやつしている。ただし、嚢の中身は綿だけだ。

「承知しました」

優之進が答えた。

「お茶でいい？」

おはるが父に問うた。

「廻り仕事の途中に呑めないからな」

格太郎は答えた。

塩焼きが来た。

「いいうねり具合だね」

山城屋の隠居が笑みを浮かべた。

踊り串と添え串を打って焼く塩焼きは存外に気を遣う。鮎の身はやわらかいから、あまり身をうねらせすぎるとわたがはみ出してしまうからだ。鰭（ひれ）を美しく仕上げるための化粧塩も勘どころだ。

隠密廻り同心にも塩焼きと茶が出た。

「ちょうどいい塩梅だな」

食すなり、格太郎が言った。

「ほんとにうまいですな」

佐兵衛が隠密廻り同心のほうを見て言った。

「凝った料理もいいけれども、塩焼きが基本で。……なら、残りはおまえが食べなさい」

山城屋の隠居は手代に皿を渡した。

「ありがたく存じます、大旦那さま」

竹松が頭を下げる。

「ところで、空き巣がずいぶん出ているようですが」

優之進が厨から義父に言った。

「そうなんだ」

格太郎は茶を啜ってから続けた。

「若いやつらを使って悪さをしている元締めがいるようだ。もし裏切ったら身内に危害を加えるぞと凄んで、抜けられないようにしているらしい」

隠密廻り同心が言った。

「そんなあくどいことを」

おはるの顔に怒りの色が浮かんだ。

「だいぶ網は絞れてきたから、あと少しだ。怪しいやつがいないか、この関所でも気をつけていてくれ」

格太郎はそう言うと、残りの鮎を胃の腑に落とした。

「関所ですか」

優之進が苦笑いを浮かべる。

「凄腕の元同心が厨に立つ、町場の関所みたいなものだからな、晴やは」

隠密廻り同心が言う。

「凄腕の元同心じゃなくて、凄腕の料理人と言われたいです」

いくらかあいまいな表情で、優之進が言った。

「気張ってくださいまし」

晴やのおかみのほおにえくぼが浮かんだ。

第二章　竜田揚げと風干し

一

晴、と染め抜かれたのれんがしまわれた。

晴やの一日が終わった。

「締めのまかないは茶漬けでいいか？」

優之進が厨から訊いた。

明日の仕込みはおおむね終わった。まかないが済めば火を落とす。

「ええ。何のお茶漬け？」

おはるがたずねた。

「鯛茶ができる」

優之進が答える。

「ほんと？　売り切れたと思ってた」

おはるの声が弾んだ。

「まかないの分だけ取っておいたんだ。さっそくつくるよ」

優之進が笑みを浮かべた。

づけにした鯛の身をご飯に載せ、おろし山葵（わさび）を添え、煎茶（せんちゃ）をかけて食す。つけ地には濃口醤油と煮切り味醂、それにほどよくすったいり胡麻（ごま）。これで風味豊かな茶漬けになる。

ややあって、鯛茶ができた。

「今日は湯屋の日だな。大儀ならやめてもいいけれど」

優之進が言った。

「ううん、大丈夫」

おはるはそう答えて鯛茶を胃の腑に落とした。

ほっ、と一つ息をつく。

「うまいか？」

穏やかな表情で優之進がたずねた。

「うん、おいしい。この子にも伝わってると思う」

おはるは帯に軽く手をやった。

「おとうがつくった鯛茶だからな」

優之進はそこにややこがいるかのように語りかけた。

「今度は大丈夫だと思う」

おはるは小さくうなずくと、また鯛茶を口に運んだ。

その味が、心にしみた。

二

おはると優之進は、二度悲しい思いをしている。

初めはいまから二年前、文化十三年（一八一六）の五月のことだった。

その前月から、江戸で恐ろしい病が流行るようになった。

疫痢だ。わらべが罹るとあっという間にいけなくなってしまうから、「はやて」とも呼ばれる病だ。

当時はまだ晴乃という名だったおはると優之進のあいだには、晴美と名づけた一人娘がいた。

生まれて一年を過ぎるころから、晴美は順調な成長ぶりを見せていた。這い這いからつかまり立ちに変わり、そのうちよちよちと歩けるようになった。

言葉も出るようになった。

「ちちうえ」

「ははうえ」

優之進と晴乃をそう呼ぶようになった。

娘の成長ぶりを、晴乃も優之進もことのほか喜んだ。

だが……。

明るい日差しはにわかに翳った。

晴美が疫痢に罹ってしまったのだ。

無慈悲な「はやて」は、かけがえのない娘を天にさらっていった。この世にたった一年半いただけで、晴美は天に還っていった。

七歳までは神の子と言われる。さまざまな峠を越えて七つになったら、ようやく人の子になれるというわけだ。

晴美は峠を越えることができなかった。晴乃と優之進は深い悲しみに包まれた。

幻泡善孩子

晴やの奥には夫婦の住まいがある。その奥に据えられた仏壇の位牌にはそう記されていた。

幻泡は儚いものを指す。

善孩子の「孩」は、わらべの笑い声を示している。

ちちうえ、ははうえと言葉を発するばかりでない。晴美は折にふれて笑い声をあげるようになった。

母がおどけた表情をつくると、無邪気に笑った。

その笑い声は、おはるの耳にしっかりと残っている。

人は死んでも、それで終わりではない。

心のなかで生きている。永遠に生きつづける。

晴美はいまも、おはるの心のなかで生きている。

三

翌る年――。

次の子を身ごもった。

文化十四年（一八一七）、晴乃が二十三歳のときのことだ。

ことによると、また授かったのは晴美の生まれ変わりかもしれない。

悲しみの谷を越えた二人はそう考えた。

今度こそ、大きくなるまで無事に育てていかなければ。

晴乃と優之進は前を向いた。

しかし……。

その願いは空しかった。

二度目の悲しみの波が二人を襲ったのだ。

町方の廻り方同心として、優之進はいくたびも功を立ててきた。

無理に押し通るようなつとめぶりではないが、持ち前の勘ばたらきで多くの咎人をお縄にしてきた。役者にしたいような男っぷりもあいまって、その名はおのずと高まり、かわら版にも採り上げられた。

それが思わぬ仇となった。

手柄を挙げると、その分、逆恨みをされたりする。稲妻の銀次という悪名高い巾着切りをお縄にしたときもそうだった。

まだ三十がらみだが、多くの手下を使って幅を利かせていた銀次を、優之進は首尾よく召し取った。

当時の巾着切りは、三度捕まるまでは敲き刑で入れ墨をされるだけだが、四度目は死罪になるのが習いだった。稲妻の銀次は三度目だったから、普通なら助かるのだが、手下を使っていたことで罪が重くなり、死罪に処せられた。

これに逆上したのが、銀次の情婦だった。

姉御肌で手下を一喝することもしばしばあった男まさりの女は、怒りに目がくらんで思わぬ行いに出た。

刃物をふところに忍ばせ、八丁堀の吉塚家に乱入したのだ。その怒りの矛先は廻り方同心の優之進に向けられていた。

折あしく、そこに身重の晴乃がいた。

かなり前から律義につとめてくれていた小者が身を挺して助けてくれたから、最悪の事態は免れることができた。晴乃の悲鳴を聞き、隣家からも加勢が来た。逆恨みの女はただちに取り押さえられた。小者が負った傷も浅かった。

だが……。

二度目の悲劇が起きた。

晴乃はあわてて逃げようとして足がもつれ、その場に倒れてしまった。その際に腹をしたたかに打った。そのせいで、せっかく宿ってくれた子を流してしまったのだ。

吉塚家は、またしても深い悲しみに包まれた。

四

「いい香りがしてきた」

おはるが歩きながら言った。

湯屋の帰りだ。

「湯上がりの一杯が楽しみだ」

優之進が笑みを浮かべた。

「お酒じゃなくて」

と、おはる。

「ああ、蕎麦だ」

ゆっくりと歩を進めながら、優之進が答えた。

晴やがある大鋸町からいくらか離れた辻に、風鈴蕎麦の屋台が出る。湯屋の帰りに寄るにはちょうどいい場所だ。

「え、らっしゃい」

ねじり鉢巻きのいなせなあるじが、威勢のいい巻き舌で言った。

「いつものかけを二杯」

優之進は指を二本立てた。

「承知で。……どうですかい、調子は」

あるじはおはるを気づかった。

「ええ、いたって順調で」

おはるは帯に軽く手をやった。

「そりゃ何よりで」

あるじはそう言うと、蕎麦の湯を小気味よくしゃっと切った。

かけが来た。

まずはつゆを啜る。

「おいしい」

おはるがすぐさま言った。

あるじは元乾物屋で、いい鰹節を使っている。よその屋台とはひと味違う、こくのあるつゆだ。

「いつもながら、五臓六腑にしみわたるな」

優之進が言った。

「ありがたく存じます」

あるじが頭を下げた。

優之進は一つうなずくと、今度は蕎麦を啜った。

さきほどは戯(ざ)れ言(ごと)めかして言ったが、「湯上がりの一杯」はまた格別だ。

この世に生きているありがたみをしみじみと感じさせてくれる味だ。


おれは、癒(い)えた。

優之進は改めてそう思った。

そして、残りの蕎麦を平らげていった。

五

優之進はおのれを責めた。

この手で稲妻の銀次をお縄にしなければ、情婦が刃物を持って屋敷に乱入してくることはなかっただろう。晴乃は危難に遭わず、子を流してしまうこともなかった。

後生(ごしょう)が悪い出来事は以前にもあった。表の顔は小間物の行商人だが、裏の顔は空き巣だった男がいた。優之進がお縄にしたところ、亭主の裏の顔を知ってしまった女房は、わが子を手にかけてから自害した。

ただ、このときは気鬱(きうつ)になったりはしなかった。なんとも後生の悪い出来事だが、空き巣のせいでこの先も多くの者が泣いただろう。それを防ぐことができたと考え、引き続き廻り仕事に精を出した。

しかし、稲妻の銀次の件は違った。

情婦の逆恨みのせいで子を流してしまったのは、なんとも痛恨だった。おのれが十手を持ち、銀次をお縄にしたせいで、晴乃が思わぬ危難を受けてしまった。優之進は気鬱に陥った。

江戸の町を歩くと、道行く者たちがみなおのれを責めているかのように感じられる。番屋が近づくと胸が痛むまでになった。

おのれが携えている十手がうとましく感じられてきた。


十手は人を倖せにしない。

むしろ、不幸を招いてしまう。


優之進はそんな思いにとらわれた。

そんなおり、従兄の猛兵衛に会った。

もし十手を返上したら、後を継いでくれるか。

試みに水を向けてみたところ、裏方の地味なつとめで一生を終える道が見えていた男はにわかに乗ってきた。

優之進は肚（はら）を決めた。

十手を思い切って返上し、これからは市井（しせい）で生きるのだ。

昔から包丁を握るのが好きだった。魚をさばくのは玄人（くろうと）はだしで、身内にはいくたびも料理をふるまっていた。

料理の指南書も好んで読んだ。おかげで引き出しがいくつもある。この先も研鑽(けんさん)を積めば、小さな見世を営みながら江戸の片隅でひっそりと暮らしていくことができるだろう。

それならば、だれも傷つけることはない。十手は人を不幸にするが、包丁は違う。おいしい料理をふるまうことによって、人を笑顔にできる。

優之進は進む道を決めた。

晴乃が異を唱えることはなかった。

おのれが添ったのは、町方の定廻り同心ではない。吉塚優之進という一人の男だ。その優之進に、この先もずっとついていくことにした。

こうして、優之進は十手を返上し、髷を町人風に改めた。

そして、おはると名を改めた晴乃とともに八丁堀の屋敷を出て、大鋸町に晴やののれんを出したのだった。

六

「いい月ね」

と、おはるが言った。

風鈴蕎麦でかけを食してから、優之進とともに帰るところだ。

「そうだな。いい月だ」

優之進も夜空を見上げる。

「お星さまもきれい」

おはるは瞬(まばた)きをした。

以前は涙をこらえながら夜空を見上げた。あの星のどれかが晴美かもしれないと思うとたまらなくなって、あとからあとから涙があふれた。

いまは違う。晴美も、名をつけられなかった子も、きっと空のどこかで見守ってくれている。

そう思うと、よく引けただしを呑んだときのような、あたたかい心持ちになることができた。

長屋のほうから、赤子の泣き声が聞こえる。

「はいはい、大丈夫よ」

母親がなだめる声もわずかに響いてきた。

「大変ね」

おはるが言った。

「うちも秋からそうなるよ」

優之進が笑みを浮かべる。

「そうね」

おはるは帯にそっと手をやった。

晴やが近づいてきた。

表は閉めてあるから、裏手から入る。

「お、待っていたのか」

優之進が声をかけた。

裏口の前で、黒兵衛がちょこんとおすわりをしていた。

「ただいま、黒兵衛。いいお湯だったわよ」

おはるが笑顔で言った。

「蕎麦もな」

と、優之進。

「明日からまたよろしくね」

おはるはそう言って、黒兵衛の首筋をなでてやった。

ひとかどの猫らしくなってきた黒兵衛が、ごろごろと気持ちよさそうにのどを鳴らした。

七

翌日――。

晴やの中食の膳はにぎやかだった。

主役をつとめるのは鰹の竜田揚げだ。

鰹は皮をつけたまま厚めに切る。薄口醤油と酒におろし生姜（しょうが）を加えたつけ地にほどよくつけ、汁気を拭き取ってから片栗粉をはたく。

これをじっくりと揚げる。初めは大きかった泡がだんだん小さくなり、鰹が浮いてきたら頃合いだ。

うまいぞ、うまいぞ……。

まるで鰹がそうささやいているかのようだ。

あとは油を切り、葱や貝割菜（かいわれな）などの付け合わせを彩（いろど）り良く盛り付ける。

脇役はたっぷりの浅蜊汁（あさりじる）。これに、切干大根の煮付けと煮豆の小鉢がつく。

むろん、ほかほかの飯と香の物も膳に載っている。三十食かぎり、早い者勝ちの晴やの中食だ。

「鰹うまし　ことにけふの竜田揚げ」

顎鬚(あごひげ)をたくわえた男が感想を発句(ほっく)で述べた。

常連の講釈師の大丈(だいじょう)だ。

辻講釈で生計を立てている男で、声に張りがあってよく通るので遠くからでも分かる。

今日は中食だが、二幕目に呑みにきてくれることも多い。陽気な酒で、周りまでなごやかになる。

ほかには、河岸で働く男たちや近所の隠居など、さまざまな客が来てくれている。一枚板の席も座敷もほぼ一杯で、なかには花茣蓙を敷いた土間であぐらをかいて箸を動かしている客もいた。

「いらっしゃいまし」

おはるの声が弾んだ。

三人の男がのれんをくぐってきた。初めて見る顔だ。

「座れぬか」

精悍(せいかん)な面構(つらがま)えの男が周りを見回して言った。

「おれら、いま出ますんで」

「ちょいと待ってくだせえ」

河岸で働く気のいい男たちが言った。

「すまぬな」

武家が軽く右手を挙げた。

ややあって、座敷が空いた。三人の武家がさっそく上がる。

「お待たせいたしました」

「鰹の竜田揚げの膳でございます」

おまさとおそのが膳を運んでいった。

「待っておらぬぞ」

「すぐ出るのだな」

武家たちが笑みを浮かべた。

「お茶もどうぞ」

おはるが盆を運んでいった。

「ここのおかみか？」

年かさの武家が問うた。

「はい。晴やのおかみのおはると申します。どうぞよろしゅうに」

おはるが一礼した。

「ここの料理人は元町方の定廻り同心なり。十手をば包丁に持ち替え、毎日、うまき料理を供してくれるなり。ありがたきかな、ありがたきかな」

中食をあらかた食べ終えた大丈が、芝居がかった口調で言った。

「ほほう、元同心の料理人か」

「それはまた思い切ったことを」

「珍しい話ですな」

客たちが言った。

聞けば、いくらか離れたところにある道場のあるじと門人たちだった。

どこぞに新たないい見世はないかと歩いていたところ、いい香りに誘われてのれんをくぐってくれたらしい。

精悍な面構えの道場主は境川不二（さかいがわふじ）。その名から採った不二道場を営んでいる。あとの二人は師範代と門人だった。

「おお、これはうまい」

竜田揚げを食した境川不二が声をあげた。

「ここにして良かったですな」

師範代の顔もほころぶ。

「浅蜊汁もいい味わいで」

門人がそう言って、殻を椀の蓋に入れた。

「日本橋、京橋の界隈にて、中食なら晴やがいちばんなり。ならば、これにて」

大丈が上機嫌で出ていった。

「毎度ありがたく存じます」

おはるが頭を下げる。

「ならば、これからもこの見世にしよう」

道場主が言った。

「ありがたく存じます。気を入れてつくりますので」

十手を包丁に持ち替えた男が厨から言った。

八

中食は今日も滞りなく売り切れた。

手伝いのおまさとおそのは、惣菜を鉢に入れて長屋へ戻っていった。高野豆腐に青菜の胡麻和えに金平牛蒡、人参と厚揚げの煮物にひじき豆。どれもやさしい味の惣菜だ。

おたきをはじめとする女房衆も買いにきて、しばらくはにぎやかだった。その波が引いたところで、二幕目の客が入ってきた。

もっとも、三人の客のうちの一人は優之進の父の吉塚左門だから身内だ。あとの客は、實母散という薬で有名な喜谷家の隠居の新右衛門と絵師の狩野小幽だった。

「まあ、今日はおそろいで」

おはるが笑顔で出迎えた。

「日を決めて三番屋へ行くことになってな」

吉塚左門が言った。

優之進の父で、元は町方の定廻り同心だった。若い頃からつとめに励んできたが、少ない頭数で江戸の治安を護る町同心は激務だ。よろずに趣味の多い左門は、かねて若隠居を望んでいた。

せがれに同心株を譲った左門は、俳諧や囲碁や将棋や食べ歩きなど、悠々自適の楽隠居の暮らしぶりだった。優之進が十手を返上すると言い出したのは予期せぬ成り行きだったが、いまは猛兵衛が養子になって跡を継いでくれたから、また楽隠居に戻っている。

「三番屋では何か出るんですか、父上」

優之進が厨から問うた。

「甘味は出る。あとは茶だけだ。酒も出ない」

左門は答えた。

「碁や将棋をやるのに、呑みながらだと具合が悪いですからな」

喜谷家の隠居が笑みを浮かべた。

産前産後の妙薬としてつとに名高い實母散は、喜谷家の看板薬だ。売り出されたのは正徳三年（一七一三）だから伝統がある。秋にお産を控えているおはるも毎日欠かさずのんでいる。

「いや、かえって酒が入ったほうが手が見えたりするがね」

左門が猪口を傾けるしぐさをした。

「わたしは甘味のほうが頭が回ります」

総髪の絵師が頭をちらりと指さした。

狩野小幽だ。

格式高い奥絵師みたいな名だが、数ある狩野家のなかではいたって傍流で、町場でつとめに励む町狩野の一人だった。ときには似面描きもする。似面の腕は折り紙付きで、左門が廻り方同心をつとめていたころから折にふれて力を貸してきた。

「三番屋では汁粉や団子が出たりしますので」

新右衛門が言った。

「広いお見世なんですか？」

おはるが問うた。

「盤を並べたり、双六を広げたりしなきゃならないので、座敷はそれなりに広いですよ」

喜谷家の隠居が答えた。

「座敷しかないつくりでね。碁盤、将棋盤、双六の三番勝負をやるんだ」

左門が教えた。

「いろんなあきないがあるもので」

鮎の風干しをあぶりながら、優之進が言った。

「場所は京橋の裏通りだから、大店のあるじや番頭もふらりと立ち寄って、息抜きをしてから戻ったりするらしい。うまいことを考えるものだ」

左門は笑みを浮かべた。

「うちだと置き場所がないですが」

おはるが座敷のほうを手で示した。

三人が陣取るとちょうどいい広さだ。詰めても六人が精一杯だろう。

「そりゃ仕方ないさ。ここで一杯呑んでから三番屋で楽しんでくるよ」

左門が言った。

ほどなく、鮎の風干しが焼けた。

鮎を手際よく背開きにし、玉酒(たまざけ)にさっとつける。酒に同じ量の水を加えたものが玉酒だ。

つけすぎてはいけない。むやみにつけると水っぽくなってしまう。

これを串に刺して干す。日が当たって風通しのいいところに半刻から一刻(約二時間)ほど干して、べたべたしたところがなくなったら出来上がりだ。

「こりゃあ何よりですね」

さっそく賞味した喜谷家の隠居が言った。

「お日さまと風の恵みの味です」

狩野小幽も満足げに言う。

「うまいことを言うね」

左門がそう言って、猪口の酒をくいと呑み干した。

その後は世間を騒がせている空き巣の話になった。定廻りの猛兵衛や、隠密廻りの十文字格太郎などの町方は少しずつ網を絞っていっているらしい。

「早く捕まるといいですね」

おはるが言った。

「何かと物騒ですから」

新右衛門がうなずく。

「なるたけ大きく網を張って、かしらを捕り逃がしたりしないように慎重に事を進めているようだ」

左門が言った。

「そのうち、いい知らせがあるといいですね」

おはるはそう言うと、髷に挿したつまみかんざしに手をやった。

鮮やかな藤の花がふるりと揺れた。

第三章　大蒜炒めと大根づくし

一

二日後――。

晴やの中食に、また道場の面々が来てくれた。

境川不二が率いる不二道場の面々だ。

「今日は珍しく目板鰈が入りましたので、揚げ物に」

厨から優之進が言った。

「茶飯と小鉢とけんちん汁もございます」

おはるが唄うように和す。

「食す前からうまいと分かるな」

道場主が笑みを浮かべた。

「腹が鳴りました」

「匂いだけでたまりません」

師範代と門人も言う。

その名をつけた不二流の道場だ。不二はむろん富士（ふじ）のお山に通じる。唯一無二の霊峰のごとくにどっしり構え、体の幹から正しく動く剣法を指導している。中食を終えて道場に戻れば、日本橋や京橋の商家の者や八丁堀の役人なども学びにやってくる。

「お待たせいたしました」

「目板鰈の揚げ物の膳でございます」

手伝いのおまさとおそのが膳を運んでいった。

「おお、来た来た。さっそく食おう」

道場主が箸を取った。

「では、それがしも」

「これはうまそうだ」

門人たちも続く。

「身と骨に分けて揚げてあるのがようございますね」

座敷から鯨組の棟梁の梅太郎が言った。

「骨はぱりぱりで」

「身は飴色でうめえや」

「付け合わせの小茄子もうめえ」

大工衆が口々に言った。

仕事で使う鯨尺にちなんだ鯨組は、ここいらでは人気の大工衆だ。そろいの瑠璃色の半纏の背で、愛嬌のある鯨が潮を吹いている。鯨組が通りかかると、わらべたちがはしゃぐほどの人気ぶりだ。

「なるほど。手だれの技だな」

一枚板の席に陣取った道場主が厨に向かって言った。

「恐れ入ります」

優之進が笑みを浮かべた。

「魚もいいけど、茶飯もうめえ」

「盛りもいいしよう」

こちらは土間に敷かれた花茣蓙の上であぐらをかいた、楓川の河岸で働く男たちだ。

朝が早いつとめを終えて、早くも一献傾けている。中食に銚釐をつける客もいるから大忙しだ。

「けんちん汁も忘れてはなりませんな」

不二道場の師範代が言った。

「そうそう、晴やのけんちん汁は具だくさんで」

門人がうなずく。

「仕上げに垂らした胡麻油の香りもいい」

境川不二が満足げに言った。

大根、人参、豆腐、葱、蒟蒻（こんにゃく）、里芋（さといも）など、これでもかという塩梅で具が入っている。優之進とおはるが相談を重ねてつくりあげた、晴や自慢のけんちん汁だ。

さらに、金平牛蒡と青菜の胡麻和えの小鉢がつく。ともに惣菜としてもあきなう品だ。

「あと三食」

厨から優之進が言った。

「承知で」

おまさがすっと動いた。

「お願いします」

身重のおはるは勘定場に座ったままだ。

役割を決め、三十食の中食の客を要領よくさばかねばならない。そのあたりも腕の見せどころだ。

左官の女房のおまさが外に出ると、客らしき若者が何がなしに迷った様子で立っていた。

「どうぞいらっしゃいまし」

おまさが笑顔で身ぶりをまじえた。

「あ、その……酒は？」

陰った表情の若者がおずおずとたずねた。

「お出しできますよ。中食の膳につけて」

おまさが如才なく言った。

「どうぞお入りください」

やり取りを聞いていたおはるがいい声を響かせる。

ほどなく、若者は晴やののれんをくぐってきた。

二

「われらは出るゆえ、ここへ座れ」

道場主が腰を上げた。

師範代と門人も続く。

「あ、はい……では」

暗い顔をした若者は一枚板の席の端に腰を下ろした。

「毎度ありがたく存じます」

おはるが頭を下げた。

「うまかった。また来るぞ」

境川不二が白い歯を見せた。

「道場への帰り道に、短い坂で走りの鍛錬(たんれん)を」

師範代が門人に言った。

「心得ました」

門人はいい声で答えた。

不二道場に戻ると、ほかの門人たちも顔を出すようだ。

若者は膳に加えて酒も注文した。

ぬる燗を所望する。

「お待たせいたしました」

優之進はまず膳を、続いて銚釐の酒を出した。

「初めて見る顔だな。こっちで一緒に呑むかい」

座敷に陣取った鯨組の棟梁が声をかけた。

「いえ……こちらで」

若者は一枚板の席を力なく指さした。

「そうかい。無理強いはしねえや。ゆっくり味わいな」

棟梁の梅太郎が笑みを浮かべた。

「もう一本くんな」

花茣蓙から手が挙がった。

河岸で働く男たちも腰を据えて呑む構えだ。

「はい、ただいま」

ひざに黒兵衛を乗せたおはるが笑顔で答えた。

中食の客に酒も出すと、せっかくの中休みがなくなってしまうこともあるのだが、のれんを出した当初のようにだれも来てくれないことに比べたらはるかにいい。

優之進は一枚板の席の客にいくたびか目をやった。

箸はあまり進んでいなかった。思い出したように茶飯や目板鰈の揚げ物を口に運び、銚甕の酒を猪口についで呑む。その様子が気にかかった。

十手を返上し、包丁に持ち替えたいまも、その勘ばたらきはいささかも変わってはいない。

おはると目と目が合った。

以心伝心で分かる。おはるも新参の客の様子が気にかかるようだった。

けんちん汁を呑むと、若者はふっと一つ息をついた。

そして、また猪口の酒を呑み干した。

呑まずにはいられない、という様子だ。

「勘定を」

ややあって、若者が腰を上げた。

目板鰈の揚げ物も茶飯もまだ残っていた。

三

「もし」

優之進は外へ出て若者に声をかけた。

「これからどちらへ？」

鋭いまなざしで問う。

若者の顔にさざ波のごときものが走った。

暗い波だ。

「うわあっ！」

やにわに叫ぶと、若者は一目散に逃げだした。

優之進は少し逡巡した。

燗酒の追加を頼まれていた。

しかし、それくらいならおはるに任せられる。

「待て」

優之進は後を追うことにした。

だが……。

若者の逃げ足は速かった。

あっという間に差が開いた。

「待たぬか」

ついむかしの武家口調が出た。

優之進が追う。

道行く者が何事ならんと見る。

「だれかっ」

優之進は精一杯の声で叫んだ。

それを聞いて、若者はまた逃げ足を速めた。

何かやましいところがあるからこその動きだ。

「待て」

優之進が追う。

二人の棒手振りとすれ違った。

「おっ、捕り物だぜ」

「だれか加勢を」

大声を発してくれた。

さっそく向こうから加勢が来た。

不二道場の剣士たちだ。

短い坂を上り下りして鍛錬していたところ、急を告げる声が響いた。

「何事だ」

境川不二が叫んだ。

「やにわに逃げ出したんで」

足を動かしながら、優之進が答えた。

若者は挟み撃ちになった。

息もあがった。

観念した若者は、その場にがっくりとひざをついた。

四

騒ぎを聞きつけてやってきたのは、不二道場の面々だけではなかった。

肩で息をしていた若者がしゃべれるようになるのを待っているあいだに、十手持ちが目のさめるような足さばきでやってきた。さすがは韋駄天の市蔵だ。

「これからどこへ行くのかと訊いたら、やにわに逃げ出したんだ」

優之進がかつての手下に告げた。

「そうですかい。どこへ行くつもりだったんだ？」

市蔵は若者に問うた。

「何かわけがなければ、逃げたりはせぬだろう」

不二道場の道場主が腕組みをして言う。

「へい……」

若者はようやく弱々しい声で答えた。

「観念して、包み隠さずわけを話せ」

境川不二が言った。

そこへ、さきほどの二人の棒手振りがやってきた。

「お、捕まったんですかい」

「掏摸か何かで？」

口早に問う。

「いや、くわしい話はこれからだ」

市蔵親分が答えた。

「ならば、番所へ」

優之進が言った。

「同心に戻ったみたいですな」

韋駄天の市蔵が笑みを浮かべた。

優之進は苦笑いを浮かべただけで何も答えなかった。

「乗りかかった舟だから、番所へ行くなら付き添うことにしよう」

境川不二が言った。

「そうしましょう」

「承知で」

師範代と門人が言う。

「よし、番所だ。洗いざらいわけを話せ。おいらは廻り方につないでくる」

韋駄天の市蔵がよく張った太腿をぽんとたたいた。

「おれは見世に帰らねばならないから、頼む」

優之進が軽く右手を挙げた。

「合点で」

十手持ちがいい声を響かせた。

きびすを返す前に、優之進はもう一度若者の顔を見た。

肩を落とした若者の目はうるんでいた。

五

その後の首尾が分かったのは、翌日の二幕目だった。

定廻り同心の吉塚猛兵衛と隠密廻り同心の十文字格太郎が、つれだって晴やののれんをくぐってきたのだ。

「おう、さすがの働きだったな」

顔を見せるなり、猛兵衛が優之進に言った。

「どうなりました？」

優之進が問うた。

「大番屋に移して問い詰めたら、やっと吐きやがった」

猛兵衛はそう言って一枚板の席に腰を下ろした。

「茶だけでいいぞ」

格太郎が娘のおはるに言う。

「承知で」

おはるが笑みを浮かべた。

「猛さんは？」

優之進がたずねた。

「おれも茶でいい。まだ本丸の捕り物が残ってるからな」

猛兵衛が答えた。

「すると、悪党のねぐらが分かったと」

優之進が少し身を乗り出した。

「首尾よくな」

定廻り同心はにやりと笑った。

「昨日捕まった男は、根は悪いやつじゃない。何かあったら身内に危害を加えるぞと悪党どもに脅されて、心が縮んでしまっていただけだ」

格太郎が言った。

「まあ、それはひどいことを」

おはるが眉をひそめる。

茶が出た。さらに話が続く。

「提灯師(ちょうちんし)のせがれで、悪い仲間にそそのかされて賭場(とば)に出入りしちまったのが運の尽き。空き巣をやらなきゃ身内にばらす。だれかに告げ口などしたら身内がただじゃ済まねえから覚悟しなと凄まれて、ここで一杯ひっかけてから空き巣に行くつもりだったようだ」

猛兵衛は猪口を傾けるしぐさをした。

「なるほど、それで様子が変だったんですね」

おはるは得心のいった顔つきになった。

「で、百敲き(ひゃくたた)にしてやったら、観念して洗いざらい吐いたっていうわけだ」

格太郎がそう言って、湯呑みの茶を啜った。

「空き巣で銭を持ってくるはずのやつが来なかったから、ねぐらを急いで移したり、身内に害を及ぼしたりしねえように、いま町方が網を張ってる。このまま何事もなきゃ、日が暮れるのを待って捕り物だ」

猛兵衛がそう言って腕を撫(ぶ)した。

「お縄になるといいですね」

おはるが心から言った。

「わたしは朗報を待ってるだけだがな」

隠密廻り同心がまた茶を啜る。

「猛さんは捕り物に？」

優之進が訊いた。

「長井様から言われたから、加勢に出るぜ。乗りかかった舟だから、おまえさんもどうだい」

半ば戯れ言で、猛兵衛が水を向けた。

「わたしはただの料理人なので」

優之進は笑っていなした。

六

翌日の中食の膳には珍しい料理が出た。

鰹の大蒜炒めだ。

鰹といえば、たたきにあぶりに竜田揚げ、あるいは手捏ね寿司とさまざまな料理があるが、これはよそでは見かけない料理だった。

まず鰹を薄めに切り、酒を振って片栗粉をまぶす。

大蒜は薄切りだ。さらに、種を取り除いて細切りにした赤唐辛子も用意する。

平たい鍋に油を敷き、大蒜を炒めて香りを出す。そこに赤唐辛子を加え、鰹を入れて炒める。

火が通ったら醬油で味つけだ。味醂などは要らない。ぴりっと辛い味つけが飯によく合う。

「こりゃ、箸が止まらねえ」

「大蒜炒めって食ったことがなかったけど、うめえんだな」

近場の職人衆が言う。

「臭いはしますが、力が出ますので」

優之進が厨で力こぶをつくった。

「どこで覚えたのだ？」

常連の武家が問うた。

「『料理物語』という古い料理書に、狸や鹿の汁の添え物に大蒜を使うことが紹介されています。また、『江戸料理集』には田螺の和え物に大蒜を使うとうまいという記述がありました」

料理書を繙いて研鑽につとめている優之進が答えた。

「なるほど。それで炒め物に使ってみたわけか」

武家がうなずく。

「いくたびも試しづくりをして、舌だめしをさせられました」

おはるが笑って言った。

「いや、大蒜は薬として使われていたくらいで精がつくから、身重にはいいだろうと思ってな」

優之進が言った。

「仲のいいこって」

「こいつはまた食いてえな」

「胡麻をすり流した具だくさんの味噌汁もうめえし」

「三河島菜（みかわしまな）の胡麻和えもうめえ」

職人衆が満足げに言った。

「鰹の大蒜炒めは酒の肴（さかな）にもよかろう」

武家が渋く笑った。

「ありがたく存じます。この先も出させていただきます」

優之進は笑顔で言った。

七

朗報がもたらされたのは、その日の二幕目だった。

座敷では、近くに住む桐板づくりの職人衆が一献傾けていた。今日は仕事が捗(はかど)ったから早めに来てくれたようだ。

さっそく鰹の大蒜炒めを酒の肴に出し、好評を得たところで、優之進のかつての上役がのれんをくぐってきた。

長井半右衛門与力だ。

「まあ、長井さま」

おはるの顔がぱっと晴れた。

「おう、久しぶりだな」

長井与力がいなせに右手を挙げた。

「ゆうべ、一網打尽にしたぞ」

優之進に告げると、長井与力は一枚板の席に腰を下ろした。

「さようですか。それはよかった」

優之進が胸に手をやった。

「猛さんたちの働きで？」

おはるが訊く。

「そうだ。みなよく気張ってくれた。猛兵衛たちは残党がいねえかどうか念のために調べているところだ」

長井与力が答えた。

「捕り物があったんで？」

座敷から、職人衆の親方の辰三（たつぞう）がたずねた。

「そうだ。このところ江戸を騒がせていた空き巣の元締めをひっ捕まえてやった」

長井与力は軽く身ぶりをまじえた。

名は体を表す長い顔で、芝居の脇役によさそうな面構えだ。

「へえ、そりゃありがてえこって」

辰三がさっと両手を合わせた。

「枕を高くして寝られまさ」

「いろいろ物騒な話を耳にしてたもんで」

二人の弟子が笑みを浮かべた。

長井与力にも酒と肴が出た。捕り物が終わったから、腰を据えて呑む構えだ。

肴はまずは大根づくしになった。

まずは大根の煮物だ。時をかけてじっくりと煮含めた大根に、練り辛子をつけて食す。

まことにもって口福の味だ。

「これは大根の葉か?」

長井与力が箸でつまんで問うた。

「はい。根元のところを使って、煮干しと合わせて炒り煮にしてあります」

優之進が答えた。

「もうひと品は大根の皮と人参の金平で」

おはるが言った。

「おう、これも小粋(こいき)だ」

長井与力が箸を伸ばした。

ちりめんじゃこもあしらってあるから、酒の肴にはちょうどいい。

桐板づくりの職人衆の所望で、優之進は魚をあぶりだした。

目板鰈の一夜干しだ。

「おれにもくれ」

長井与力も頼む。

「はい、ただいま」

優之進は小気味よく答えた。

ややあって、干物が焼きあがった。

「お待たせいたしました」

おはるが座敷へ運ぶ。

優之進は長井与力の干物をあぶった。焼き加減を見ながら付け合わせの大根をおろす。

「手際がいいな」

かつての上役が言った。

「料理人ですから」

優之進は笑みを浮かべた。

「このたびも悪党の捕縛につながる働きだったが、十手より包丁のほうがいいか」

長井与力が問うた。

「もちろんです。いまは晴やのあるじですので」

ちらりとおはるのほうを見てから、優之進は答えた。

第四章　鮑（あわび）茶漬けと梅にゅうめん

一

それから数日経った。

二幕目の晴やの一枚板の席には、二人の隠居が陣取っていた。

書物問屋山城屋の佐兵衛と、地本問屋相模（さがみ）屋の七之助（しちのすけ）だ。

いつものように、佐兵衛のお付きの手代の竹松もいる。相模屋の七之助は一人で気の向くままに歩くのを好むたちだから、供はつれていない。

「鯛の子のうま煮でございます」

優之進が料理を出した。

「いきなりおいしそうなものが出たね」

佐兵衛が笑みを浮かべた。

「鯛の子は真子とも言うね」

七之助が箸を取る。

「はい、相模屋さんで買わせていただいた指南書に載っていた料理です」

と、優之進。

「つとめが終わっても、遅くまで料理の書物を繙いているんですよ」

おはるが頼もしそうに言った。

「そうやって研鑽につとめているかぎりは、晴やは安泰だよ」

山城屋の隠居がそう言って、鯛の子のうま煮を口に運んだ。

鯛の子は竹串の先でていねいに血の管をこすって、血を抜いてやる。こうすれば臭みが取れる。

食べやすい大きさに切ったら、ぬるめの湯で静かにゆでる。ぐらぐらと沸いた湯ではいけない。皮が弾けて台なしになってしまう。

ゆで終わったら鍋に水を足し、崩れないようにそっと取り出して水気を切っておく。

それから鍋で煮汁をつくる。

二番だしに酒に塩、醤油は薄口。薄めの上品な味だ。

だしも沸かしすぎないようにする。頃合いになったら鯛の子をそっと入れ、途中で針生姜を加えて味を調える。

「これは料理屋の味だね」

佐兵衛が満足げに言った。

「ここは料理屋ですよ、玉山堂さん」

七之助が屋号で呼んだ。

「中食は飯屋ですから」

優之進が笑って言った。

「お惣菜屋もやっています」

おはるのほおにえくぼが浮かんだ。

「はは、そうだったね。……おまえも何かもらうかい？」

佐兵衛が一枚板の席の前に並んだ惣菜の大皿を手で示した。

「あ、はい。では、卯の花を」

竹松がすぐさま所望した。

「ご飯はいかがです？」

おはるが水を向ける。

「いただきます」

手代が元気よく答えたから、晴やに和気が漂った。

そのとき……。

外に出ていた黒兵衛が軽快に鈴を鳴らして戻ってきた。

「みゃーん」

おはるの顔を見てなく。

「お客さん？」

おはるは飼い猫に問うた。

黒兵衛は前足であごの下をかきだした。

ほどなく、足音が響いた。本当に客だった。二人の男がのれんをくぐってきた。

「いらっしゃいまし。……あっ」

出迎えたおはるが思わず声をあげた。

若いほうの顔に見憶(みおぼ)えがあった。

先日、空き巣に行く前に晴やに立ち寄り、お縄になったあの若者だった。

二

「このたびは、本当にありがたく存じました」

若者の父親がていねいに頭を下げた。

提灯師の治平だ。

いま菓子折を渡し、あいさつを済ませたところだ。

「ありがたく存じました」

せがれの寅平も深々と一礼する。

「よろしければ、お座敷にどうぞ」

おはるが手で示した。

「せっかくですから、料理を召し上がっていってくださいまし」

優之進が笑みを浮かべた。

「晴やの料理はどれもうまいですから」

「これも縁だから」

二人の隠居が笑みを浮かべる。

「では、ちょっとだけ」

治平がそう答えて、身ぶりでせがれをうながした。

寅平が一つうなずいて続く。

話が一段落したところで、箸を止めていた手代の竹松が卯の花をのっけたご飯をわっとかきこんだ。晴やにまた和気が漂う。

ややあって、座敷にも酒と肴が運ばれた。

鯛の子のうま煮に加えて、牛蒡の土佐煮も出た。一枚板の席にも供される。

厚めのささがきにした牛蒡を甘辛く煮て、汁気がなくなってきたところで鰹節を加える。さらに炒り煮にすれば出来上がりだ。

「これも深いね」

「いい塩梅です」

山城屋と相模屋の隠居が言った。

厨仕事がひと区切りついたところで、優之進が座敷へ酒をつぎにいった。そのまま話を聞く構えになる。

跡取り息子の寅平は悪い仲間の甘言にうかうかと乗せられてしまった。ふと気づいたときには、もうぬかるみにはまっていた。

空き巣をやらねば、身内に害を及ぼしてやる。

そう脅された寅平は、やむにやまれず悪事に手を染めることにした。そして、空き巣へ行く前に気つけの一杯を晴やで呑んだ。その様子を優之進に不審がられたところから、このたびの捕り物につながったのだった。

「せがれも懲りたようですんで」

提灯師が言った。

「へえ、懲りました」

寅平が首をすくめる。

「崖っぷちで思いとどまってよかったね」

佐兵衛が若者に言った。

「若いから、いくらでもやり直せるよ」

七之助も和す。

それを聞いて、おはるが感慨深げにうなずいた。

本当に危ないところだった。

あのまま空き巣に向かわず、道を引き返せてよかった。

おはるは改めてそう思った。

「悪い仲間とは、もう切れたんだな」

いくらかはかつての同心の口調で、優之進が問うた。

「はい。あの百敲きで悪いものを追い出せたような気がします」

寅平は神妙な面持ちで答えた。

「一人前の提灯師になるまで、厳しく修業させますんで」

治平の言葉に力がこもった。

「そのうち、ここの提灯もつくってもらえばいいよ」

山城屋の隠居が言った。

「ああ、それはいいですね、玉山堂さん」

相模屋の隠居がすぐさま言った。

「急ぎませんので、ぜひ跡取りさんに」

優之進が寅平を手で示した。

「やらせていただきます」

立ち直った若者が頭を下げた。

三

ややあって、吉塚左門がのれんをくぐってきた。

寅平のことは猛兵衛から仔細を聞いていたようだ。

「残党はすべてお縄になったそうだ。安んじて修業しなさい」

座敷に上がった左門が若者に言った。

「ありがたく存じます。ほっとしました」

寅平は胸に手をやった。

「残党の意趣返しが怖かったんですが、それを聞いて安心しました」

治平も笑みを浮かべた。

「何かお持ちいたしましょうか」

あまり箸が動いていないのを見て、おはるが声をかけた。

「それなら……」

寅平が少し迷ってから続けた。

「けんちん汁はできましょうか。あの日の中食のけんちん汁が忘れられなくて」

「できますよ。今日の中食もけんちん汁だったので」

優之進がすぐさま答えた。

「さようですか。それはぜひ」

立ち直った若者が所望した。

「膳の顔は何だったんだ？」

左門が優之進に問うた。

「焼き飯で。まだできますよ」

料理人になった息子が答えた。

「ほぐした干物に葱や豆や蒲鉾（かまぼこ）、それに玉子も入った焼き飯で」

おはるが義父に言う。

「そりゃ食べないとな」

左門が表情をやわらげた。

「なら、わたしもいただこうかね」

書物問屋の隠居が手を挙げた。

「玉山堂さんに付き合いましょう」

地本問屋の隠居も続く。

「承知しました」

優之進は引き締まった顔つきで言った。

ややあって、平たい鍋が小気味よく動きだした。玉子をからめた飯に具を投じ入れ、ぱらぱらになるまでいくたびも振る。

味つけは塩胡椒に醤油だ。食欲をそそるいい香りが漂いだした。

そのかたわら、けんちん汁をあたため直す。少し具も足した。寅平のために、優之進は心をこめて一杯のけんちん汁をつくった。

まず二人の隠居の分が出た。少し遅れて、左門にも焼き飯が供される。

「取り皿を一枚おくれでないか」

佐兵衛が所望した。

「はい、ただいま」

おはるがすぐさま答える。

「手前も頂戴できるんで？」

手代の瞳が輝いた。

「はは、顔に『くれ』と書いてあるからね」

山城屋の隠居が笑った。

最後に、治平には焼き飯、寅平には焼き飯とけんちん汁が出された。

「お代わりもできるから」

優之進が言う。

「ありがたく存じます」

若者は頭を下げてから箸をとった。

「これは飯がぱらぱらでうまいな。干物や蒲鉾などの具もいい塩梅だ」

左門がほめた。

「醤油味で香ばしいですね」

七之助が笑顔で言って、また匙（さじ）を動かした。

「おう、どうした？」

治平がせがれの顔を見た。

けんちん汁の椀を持ったまま、目をしばたたかせている。

「あのときの、味で」

のどの奥から絞り出すように、寅平は言った。

空き巣に出る前に呑んだけんちん汁だ。幸いにも悪事に手を染めることなく、こうしてまた呑むことができた。若者が感慨を催すのも無理はなかった。

「その味を、忘れないように」

情をこめて、優之進が言った。

おはるがうなずく。

「忘れません。この先もずっと」

立ち直った若者が引き締まった表情で答えた。

四

川開きになった。

江戸に夏が来た。

暑さには波があり、雨が降って肌寒い日もあるが、暑気払いが求められることも多い。

それを頭に入れて、優之進とおはるは相談しながら日々の仕入れをし、中食の献立を決めていた。

この時季に重宝するのは素麺(そうめん)だ。

ゆでて冷たい井戸水で締めた素麺は何よりの暑気払いになる。葱におろし生姜に切り胡麻に刻み海苔(のり)、薬味をとりどりに添えればいくらでも胃の腑に入る。

素麺に茶飯を付けてもいい。活きのいい刺身の盛り合わせや天麩羅、それに青菜のお浸しや煮豆などの小鉢を付ければ、にぎやかな膳になる。

肌寒い日には、あたたかいにゅうめんだ。

麺が細いゆえに、よりほっこりした味わいになる。梅干しなどを添えると小粋だ。

膳の顔でもいいが、酒の締めにもちょうどいい。

「あとを引く味だな」

「このにゅうめんを食うために呑んだようなもんだ」

なじみの鯨組の大工衆はそう言って笑ったものだ。

素麺のほかによく出るようになったのは蒲焼きだった。

穴子でもいいが、客が所望するのはやはり鰻だ。毎日、つぎ足しながら使っている蒲焼きのたれは、それだけを飯にかけて食してもうまいというもっぱらの評判だった。

「匂いで一杯、たれをかけて一杯、そして、蒲焼きをのっけてもう一杯、これで三杯飯をいけますな」

下っ引きの大吉が言った。

「おめえはいつも三杯飯じゃねえかよ」

韋駄天の市蔵があきれたように言った。

そんな調子の日々が続いた晴やに、総髪の産科医が姿を現した。

京橋の志垣幸庵だ。

診療所も構えているが、日を決めて往診にも廻っている。

「いかがですか、具合のほうは」

日焼けした顔の医者がおはるに問うた。

「おかげさまで、いまのところ無事で」

おはるは帯を軽く触った。

「さようですか。それは何よりで」

志垣幸庵が白い歯を見せた。

「おそでさんもこのあいだ来てくださったので、順調だとお伝えしておきました」

おはるは笑みを浮かべた。

腕のいい産婆も、いいややこが生まれるだろうと言ってくれた。

「承知しました。初めてのお産ではありませんから、平らかな道を進まれることでしょう。引き続き、精のつくものを召し上がってください。では、お脈を拝見」

医者は診察を始めた。

脈を取り、心の臓の音を聴き、目と舌を診て、足にむくみがないか調べる。さすがの手際の良さだ。

「結構でしょう」

医者がうなずいた。

「あと三月足らずでしょうが、ここまではいたって順調です。この調子で日々を過ごしてください。また半月後に参ります」

志垣幸庵はそう言うと、弟子に目で合図をして帰り支度を始めた。

「ありがたく存じました」

おはるが一礼した。

「またよろしゅうお願いいたします」

優之進もていねいに頭を下げた。

五

翌日の二幕目には、おはるの母の十文字秋野（あきの）が来てくれた。

小者の午次郎（うまじろう）も一緒だ。

「ずいぶん大きくなったわね」

黒兵衛を見て、秋野が言った。

「だいぶ貫禄が出てきたの」

おはるが笑みを浮かべた。

「猫が大きくなるのはあっという間で」

優之進も厨から言った。

「物おじしねえからな、こいつは」

桐板づくりの親方の辰三が黒兵衛を指さした。

しばらく仕事に精を出していたが、やっと峠を越えた。今日は二人の弟子とともに座敷で打ち上げだ。すでに肴がとりどりに出ている。

「おっと、これはやらねえぜ」

兄弟子が皿を持ち上げた。

「せっかくの鮑だからよ」

弟弟子が言う。

「駄目よ、黒兵衛」

肴を欲しそうにしている猫に向かって、おはるが言った。

「無理に取ったりはしない？」

秋野がたずねた。

「賢い子だから、そこまでは」

おはるが答えた。

「ちゃんとわきまえているんですな」

午次郎が感心したように言った。

蒸し鮑は手間のかかった肴だ。

鮑に塩をまぶしてよくこすり、酒をたっぷり振って弱火で一刻半（約三時間）ほど蒸す。頃合いになったら取り出して冷ましておく。それから身を外し、厚めの斜め切りにする。

鮑はわたも使う。

裏ごしをして土佐醬油とだし汁でのばし、蒸し鮑をつけて味わうのだ。

「わた醬油はほろ苦さがいいな」

親方が満足げに言った。

「鮑もぷりぷりで」

「深え味だ」

弟子たちも笑顔だ。

「こちらには磯辺揚げを」

優之進が秋野に肴を出した。

「これも鮑？」

秋野がのぞきこんで問うた。

「ええ。せん切りにして揚げてあります」

優之進が白い歯を見せた。

「それから塩を振って、もみ海苔を混ぜれば、いい肴になるの」

おはるが笑みを浮かべた。

「それもうまそうだな」

「食ってみたいですね、親方」

座敷の職人衆が言う。

「承知しました。いまからつくります」

優之進の手がさっそく動いた。

「鮑の殻に盛ってあるのね。いただくわ」

秋野の箸が動いた。

評判は上々だった。

「お茶でも合うわね」

秋野はそう言って湯呑みに手を伸ばした。

「お茶漬けにもいいので」

と、優之進。

「ああ、なるほど」

秋野がうなずく。

「なら、余ったらあとでまかないで」

おはるが言った。

「ああ、いいよ」

優之進はすぐさま請け合った。

六

京橋の袋物屋に寄るという秋野は、さほど長居をせずに晴やから出ていった。十文字家の親族はみな達者のようで、おはるはひとまず安堵(あんど)した。

桐板づくりの職人衆はなおも機嫌よく呑んでいた。近くに住む武家や商家のあるじなどものれんをくぐってくれた。晴やは盛況のうちに一日を終えた。

「毎度ありがたく存じました。またのお越しを」

おはるは最後の客を見送った。

髷に挿したつまみかんざしもふるりと揺れる。少しでも暑気払いになるようにと、このところは白鳥（しらとり）をあしらっている。

掃除と仕込みを終えると、まかないになった。

「にゅうめんもできるけど、どうだい？」

優之進が水を向けた。

「ああ、いいわね、お茶漬けとにゅうめん。にゅうめんには梅干しを入れて」

おはるが所望した。

「分かった」

優之進は軽く右手を挙げた。

ややあって、まかないができた。

磯辺揚げをあしらった鮑茶漬けと、梅干しと小口切りの葱を載せたにゅうめんだ。

「いただきます」

おはるが箸を取った。

土間の隅では、黒兵衛がはぐはぐと餌を食べていた。煮干しに鰹節に魚のあら、料理屋には猫の餌がふんだんにある。

「ああ、おいしい。ほっとする」

梅にゅうめんを少し啜ったおはるが笑みを浮かべた。

「ちょうど梅干しがいい塩梅だな」

一緒に味わいながら、優之進が言った。

「今度は鮑茶漬けを」

おはるが椀を持ち替えた。

箸が動く。

「ああ、これもおいしい」

おはるのほおにえくぼが浮かんだ。

「明日は鰻の蒲焼きだから、まかないは鰻茶(うなちゃ)だな」

優之進が早々と献立を決めた。

「それもおいしそうね。身の養いにもなるし」

おはるは帯にそっと手をやった。

ややこは折にふれて動いてくれる。ときには痛いと感じることもあるが、生きている証(あかし)だから何よりありがたかった。

「おとうがつくった料理だからな」

おはるが手をやったところに向かって、優之進が言った。

「おいしいわね」

まだ見ぬややこに向かって、おはるは語りかけた。

そして、また箸を動かしだした。

第五章　蛸(たこ)づくし

一

「あっ」

おはるが短い声をあげた。

「どうした？」

厨で仕込みをしていた優之進が手を止めて訊く。

「ううん。ちょっと強く蹴られたから」

おはるは帯に手をやった。

夏が盛りになり、だんだんおなかが目立つようになってきた。

「ややこが大きくなってきたからな」

優之進は笑みを浮かべた。

「前はくすぐったいくらいだったけど、このところは痛いことも」

おはるが言った。

この感じを以前も味わったことを思い出した。晴美のときだ。

「達者な証だ。……よし、そろそろやるか」

優之進は鉤に下げてあるもののほうへ歩み寄った。

蛸だ。

今日の中食は蛸飯にする。仕込みは万端だ。

蛸はわたなどを取り除き、たっぷりの大根おろしでもんでぬめりを取る。それから、塩を加えて大鍋でゆでる。

ゆであがったら、冷たい井戸水につける。こうすれば、蛸の色が鮮やかになる。

それから、鉄の鉤で引き上げ、しばらく吊るしておく。厨の奥に吊り下げられた蛸を、黒兵衛がふしぎそうに見ていた。

蛸は頃合いになった。いよいよこれからさばく。

足先に近い部分は筒切り、太い部分はさざ波切り、優之進の包丁は小気味よく動いた。

「おいしい中食になるわよ」

身をすりつけてきた黒兵衛に向かって、おはるは笑顔で言った。

「うみゃ」

黒猫が短くなく。

「いい子ね」

おはるが頭をなでてやると、黒兵衛は気持ちよさそうにのどを鳴らしだした。

二

中食の蛸飯は大好評だった。

もちろん、蛸飯だけではない。海老（えび）や甘藷（かんしょ）などの天麩羅の盛り合わせに豆腐汁がついたにぎやかな膳だ。

「蛸がぷりぷりしていてうまいな」

門人たちとともに足を運んでくれた境川不二が満足げに言った。

「かむと味がじゅわっと口の中で広がります」

「せん切りの生姜に大葉に白胡麻、薬味もさわやかですね」

門人たちも笑顔だ。

「蛸うまし海老天うまし言うことなし」

長い顎鬚の講釈師が機嫌よく言った。

大丈はこれから両国橋（りょうごくばし）の西詰でひと仕事のようだ。

「うめえが、ちょっと上品すぎねえか？」

「そうそう、おれらは汗をかくからよ」

河岸で働く男たちが言った。

「わたしにはちょうどいいがねえ。客それぞれに好みがあるからむずかしいところだね」

實母散の喜谷家の隠居が言った。

今日は二幕目ではなく、珍しく中食に足を運んでくれた。

「よろしければ、醤油を足しましょうか」

優之進が厨から言った。

「お好みで足していただければと」

おはるも和す。

「なら、ちょいと足してくんな」

「おいらも頼むぜ」

「胡椒も足してくんなよ」

河岸の男たちが次々に椀を差し出した。

「はい、ただいま」

「承知で」

中食を手伝ってくれているおまさとおそのがすぐさま動いた。

厨に運び、優之進が醤油や胡椒を足す。

濃口醤油は野田(のだ)の上物を使っている。薄口は湯浅(ゆあさ)の下り醤油だ。塩は播州赤穂(ばんしゅうあこう)、味醂は流山(ながれやま)。優之進がおのれの舌にかなう品だけを使っている。

「いざさらばいずれ見(まみ)えん晴やの中食……字余り」

いち早く食事を終えた大丈が腰を上げた。

「『いずれ』とおっしゃらず、明日もお越しくださいまし」

おはるのほおにえくぼが浮かんだ。

「ははは」

講釈師は笑って顎鬚に手をやった。

「お待たせしました」

椀が運ばれてきた。

さっそく河岸の男衆が箸を動かす。

「おお、うまくなったぜ」

「こりゃいいや」

「おいらたちにゃ濃いめが合うからよ」

評判は上々だった。

「手間はかかるけれど、この先もこうしていけばいいよ」

喜谷新右衛門が温顔で言った。

「そういたします」

おはるが笑顔で答えた。

三

二幕目になってほどなく、左門が狩野小幽とともにのれんをくぐってきた。

「これから小幽さんの仕事場で一局」

左門が碁石を打つしぐさをした。

「相済みません、うちに碁盤を置ければいいんですけど」

義父に向かって、おはるがすまなそうに言った。

「いや、場所を取るからね」

左門がそう言って座敷に上がった。

「わたしも気が変わっていいので」

総髪の絵師が笑みを浮かべる。

「長々とお邪魔はしないよ」

左門は少し苦笑いを浮かべた。

「蛸飯ができますが、いかがでしょう」

おはるが水を向けた。

「なら、もらうかな。今日の中食だったのか？」

左門は優之進にたずねた。

「ええ。蛸はいろいろ肴もできますよ」

優之進は答えた。

「なら、蛸づくしでいいかい？」

左門は小幽に問うた。

「頂戴します」

町狩野の絵師が答えた。

「承知しました」

優之進はさっそく手を動かしだした。

「一枚描きましょう、おかみ」

小幽が紙を取り出した。

「えー、似面ですか」

おはるはいくらかしり込みをした。

「絵師の稽古を兼ねてるんだから、描いてもらいなさい」

義父が言った。

「はあ、では、お願いします」

おはるはややあいまいな顔つきで頭を下げた。

「すぐ終わりますので」

絵師が笑顔で支度を始めた。

蛸飯に続いて、蛸づくしの肴が出た。

まずは二種の酢蛸だ。

胡瓜と合わせ、三杯酢をかけ、針生姜を天盛りにする。これがまず一種目だ。

もう一種は、酢味噌と合わせる。背がつながっている小鉢に盛れば、二種の酢蛸を食べくらべることができる。

「どちらもうまいな」

左門がそう言って、猪口の酒を呑み干した。

「……はい、できました」

さらさらと筆を動かしていた小幽が紙を見せた。

「わあ」

おはるが思わず嘆声をあげる。

左のほおにえくぼが浮かんだ、目がくりくりとしたおはるの顔が実に見事に描き出されていた。髷には黄色い蝶のつまみかんざしも挿してある。見ただけで心が明るくなるような似面だ。

「さすがだね」

ちらりと見た左門が笑みを浮かべた。

「乾いたら貼っておきます」

蛸の天麩羅を揚げながら、優之進が言った。

「それは恥ずかしいので」

おはるがすぐさま言う。

「なら、厨の奥のほうに」

と、優之進。

「それならいいかな」

ややあいまいな顔つきで、おはるは答えた。

天麩羅が揚がった。これは塩がうまい。

「美味ですね」

小幽が満足げに言った。

さらに、大蒜炒めも出た。蛸がとりどりの肴に変わって座敷に運ばれていく。

「それぞれに味わいがあってうまいな」

左門が言った。

「いろいろ思案しながらやってるんで」

優之進が答える。

「思案しながらがいちばんですね」

似面の名手でもある絵師が笑みを浮かべた。

そのとき、表で足音が響いた。

二人の男が、ほどなくのれんをくぐってきた。

「いらっしゃいまし……あっ」

おはるが思わず声をあげた。

晴やかに姿を現したのは、提灯師の親子だった。

四

「おまえからお渡ししな」

父の治平がうながした。

「へえ」

せがれの寅平は一つうなずくと、ふところからあるものを取り出した。

「それは……」

おはるが目をしばたたかせた。

「せがれにつくらせた提灯で。……広げてみな」

治平はうながした。

「気張ってつくりました」

寅平が提灯を慎重に広げた。

「まあ」

おはるは嘆声をあげた。

提灯には一文字、こう記されていた。

晴

「おう、晴やの提灯だね」

左門が目を細めた。

「いくたびもしくじりましたけど」

寅平が髷に手をやった。

「やっと恥ずかしくねえ出来になったので、先日の御礼にお持ちしました」

治平が笑みを浮かべた。

「そりゃあ何よりだ」

と、左門。

「のれんと同じで、『晴』の字が笑っているように見えます」

おはるが笑顔で言った。

「さっそく今夜の湯屋から使わせていただきますよ」

優之進が厨から言った。

「いい引札（ひきふだ）になりますね」

小幽が提灯を指さした。

「蛸飯がまだありますので、いかがでしょう。汁もあります」

優之進が水を向けた。

「けんちん汁でしょうか」

寅平の瞳が輝いた。

「いえ、今日は豆腐汁で」

いくぶんすまなそうに、おはるが告げた。

「さようですか。でも、せっかくですから頂戴します。蛸飯も」

薄紙一枚はがれたような表情で、寅平が答えた。

「なら、ここに座らせてもらえ」

治平が一枚板の席を手で示した。

「へえ」

せがれが腰を下ろした。

ほどなく、蛸飯と豆腐汁が運ばれてきた。

提灯師の親子がさっそく箸を取る。

「ああ、これもうめえ」

豆腐汁を啜った寅平が感慨深げに言った。

「蛸飯も食え。うめえぞ」

提灯づくりの師でもある父がうながした。

「へえ」

寅平は蛸飯を口に運んだ。

「いかがです？」

おはるが問う。

立ち直った若者は、笑顔で一つうなずいた。

五

提灯に灯り(あか)がともっている。

その周りだけが、ほんのりとあたたかい。

湯屋の帰りだ。おはると優之進がつれだって歩いている。これからいつもの風鈴蕎麦の屋台に寄るところだ。

途中で鯨組の大工衆とすれ違った。煮売り屋で呑んだ帰りらしい。

「おっ、明日も晴れだな」

「そんな提灯、あったんだ」

「遠くからでも目立つぜ」

大工衆が口々に言う。

「提灯師の二代目さんにつくっていただいたんです」

おはるが笑顔で言った。

「今夜がお披露目で」

優之進が提灯をついとかざした。

「そりゃ験がいいな」

「また食いに行くぜ」

「晴やの中食は盛りが良くて精がつくから」

大工衆は上機嫌で言った。

「お待ちしております」

「気張っておいしいものをお出ししますので」

晴やの夫婦の声が響いた。

鯨組の大工衆と別れてほどなく、屋台の赤提灯が見えてきた。

ちょうど先客が長床几(ながしょうぎ)から腰を上げるところだった。だしのいい香りが漂っている。

「こんばんは」

「いつものので」

晴やの二人が言った。

「承知で」

あるじが小気味よく手を動かしだした。

いつものかけ蕎麦だ。

「あ、また動いた」

長床几に腰かけたおはるが帯に手をやった。

「早く出たがってるんでしょう」

風鈴蕎麦のあるじが言う。

「早めに出られても困りますけど」

と、おはる。

「蕎麦とおんなじで、ちょうどいい頃合いじゃないとね。……はい、お待ちで」

かけ蕎麦が出た。

晴やの夫婦はさっそく箸を取った。

「ああ、おいしい」

食すなり、おはるが笑みを浮かべる。

「ほっとするいつもの味だね」

優之進がうなずく。

「いつものがいちばんで」

あるじが白い歯を見せた。

「ほんとにそうですね。お蕎麦もそうだけど、おつゆが心にまでしみます」

おはるがしみじみと言った。

「ありがてえこって」

あるじが頭を下げた。

と、そのとき……。

通りを一つ隔てたところから、やにわに声が響いてきた。

空き巣だ。

だれかっ！

急を告げる声だ。

「いかん」

優之進はさっと腰を上げた。

「ここで待ってろ」

おはるにそう言い残すと、優之進は声が響いたほうへ駆け出した。

六

「だれかっ。空き巣だ」

また声が響く。

次の通りに入ると、向こうから黒々とした影が突進してきた。

賊だ。

「待て」

優之進がたちはだかる。

「どきやがれ」

賊は手に匕首を握っていた。

優之進は丸腰だ。

むろん、以前のように十手は持っていない。

「食らえっ」

賊が襲ってきた。

とっさに身が動いた。

横へ跳ぶ。

間一髪でかわすと、元同心はひるまず踏みこんだ。

「ていっ」

敵の手首をつかみ、ねじりあげる。

呼子が響いた。

近くの番所の役人だろう。まもなく加勢が来る。

「ぐわっ」

賊が悲鳴をあげた。

匕首が落ちる。

「てやっ」

優之進はその機を逃さなかった。

鋭く踏みこみ、みぞおちに当て身を食らわせる。

廻り方同心だったころは道場にも通い、捕縛術の鍛錬も欠かさなかった。十手を包丁に持ち替えたいまも、その蓄えがある。

「ぐえっ」

賊はその場にうずくまった。

優之進はただちに取り押さえた。

「どうした」

声が響いた。

提灯が二つ近づいてくる。

「空き巣だ。番所へ」

優之進は短く伝えた。

「おう」

「御用だ」

提灯の灯りが揺れる。

番所の役人が近づき、ほどなく捕り物は終わった。

七

おはるは気が気ではなかった。

蕎麦も途中で食べる気がしなくなった。

「大丈夫でさ」

風鈴蕎麦の屋台のあるじがなだめるように言う。

おはるは小さくうなずいて箸を置いた。

「無理に食わなくてもいいっすから」

あるじはそう言ってくれた。

「相済みません」

おはるは小声でわびると帯にそっと手をやった。

嫌なことを思い出してしまった。

優之進を逆恨みした巾着切りの情婦が、刃物を持って屋敷に乗りこんできたときのことだ。

呼子が響いた。

かすかに声も響いてくる。

「そろそろ捕まるぞ」

あるじが言う。

おはるは両手を合わせた。

どうかあの人を無事に帰してくださいまし。

おなかのややこのためにも。

そう祈らざるをえなかった。

またおなかのややこが動いた。

大丈夫、と言わんばかりの動きだ。

おはるはどこへともなく小さくうなずいた。

「おっ、提灯ですぜ」

あるじが指さした。

「おーい、終わったぞ」

優之進の声が響いてきた。

それを聞いて、おはるは心底安堵した。

提灯がだんだん大きくなってくる。

「おまえさま」

おはるは声を発した。

それに応えて、提灯が揺れる。

やがて、真新しい提灯に記された字が見えた。

晴

その字が目にしみるかのようだった。

第六章　穴子丼と素麺(そうめん)

一

「いらっしゃいまし」

勘定場から、おはるが客に声をかけた。

翌日の中食だ。

昨日と変わりなく、そんな声をかけられることがありがたかった。

「おう、今日は中食からだ」

桐板づくりの親方の辰三が言った。

二人の弟子もいる。

「精をつけてから、つとめを気張らなきゃ」

「へい」

弟子たちが親方に続いて座敷に陣取った。

「おとついは鰻の蒲焼きだったんですがねえ」

優之進が厨からややすまなそうに言った。

「今日は何だい」

親方が問う。

「刺身の盛り合わせに、茄子の煎り出し、それに、茶飯と豆腐汁がついてます」

優之進は答えた。

「それだけありゃ充分だ」

辰三が笑って答えた。

「茶飯はお代わりもできますので」

おはるが言った。

「そりゃ、ありがてえ」

「よし、食うぜ」

二人の弟子が勇んで言った。

朝獲れの魚の刺身の盛り合わせの隣に、小技の利いた茄子の煎り出しが並ぶ。

茄子の皮を薄くむき、いくぶん低めの油で揚げる。こうすれば、さわやかな緑色に仕上がる。

胡麻だしもひと手間かかる。

胡麻に砂糖、煮切った味醂、濃口醬油、だし汁を順に加えていく。そのつど、ていねいにすりのばしていけば、なめらかな仕上がりになる。

器に揚げ茄子を盛り、胡麻だしを流し入れる。この上に、細く削った鰹節と大根おろしと小口切りの葱を載せれば、見た目も美しい夏向きの料理の出来上がりだ。

「こりゃ小粋だな」

親方が茄子の煎り出しを箸でつまみ、口中に投じ入れた。

「うん、胡麻の風味が何とも言えねえ。うめえや」

辰三が笑顔で言った。

「おいらはまず茶飯を」

「刺身もこりこりでうめえ」

二人の弟子も満足げだ。

そのうち、客は次々に入ってきた。一枚板の席も、花茣蓙を敷いた土間も埋まる。

中食には珍しい顔ものれんをくぐってきた。

「あら、猛さん」

おはるが少し驚いたように言った。

「おう、たまには中食も食わねえとな」

そう言って入ってきたのは、定廻り同心の吉塚猛兵衛だった。

二

「うん、料理屋みてえでうめえな」

茄子の煎り出しを食した猛兵衛がうなった。

「うちは一応、料理屋なので」

優之進が苦笑いを浮かべた。

「いや、番付に載るような料理屋ってことだ」

一枚板の席に陣取った猛兵衛が言った。

「そのうち載るかもしれませんよ」

おはるが笑みを浮かべた。

「そうだな。楽しみにしてるぜ。それはそうと……」

刺身をひと切れ胃の腑に落としてから、優之進の従兄は続けた。

「ゆうべは働きだったな。空き巣に入ろうとしたやつは、前にやらかしたことも洗いざらい吐きやがった」

猛兵衛は満足げに言った。

「さようですか。それはよかった」

厨で手を動かしながら、優之進が答える。

「出くわした人にお怪我がなかったのが何よりで」

おはるが言った。

「まったくだ。さすがは元廻り方同心だぜ」

と、猛兵衛。

「たまたまで」

優之進は短く答えた。

「長井様もお喜びだった。そのうち、耳寄りな話があるかもしれねえ」

猛兵衛は肚に一物ありげな顔つきで言った。

「耳寄りな話ですか」

ほかの客の膳を仕上げながら、優之進が言った。

「ほうびでもいただけるのかしら」

おはるが笑みを浮かべる。

「まあ、楽しみにしててくんな」

猛兵衛はそう答えると、茶飯をわっと胃の腑に落とした。

「長井様はうちへお見えに？」

優之進が問うた。

「近いうちにな。段取りを調えて、おれも一緒に来るぜ」

猛兵衛は白い歯を見せた。

三

翌日の中食の顔は穴子丼だった。

穴子は蒲焼きでも白焼きでもうまい。さくっと揚がった天麩羅もいい。

「穴子百回」という言葉がある。皮が丈夫だから、いくたびも表裏を返して、じっくりと焼きあげていく。

穴子丼にはうま煮を用いる。これだけでもいい肴になるから、優之進は多めに仕込んでおいた。

魚屋から仕入れて厨の奥の生け簀に入れておいた穴子を活けじめにする。落とした頭と抜いた骨を使ってだしを取れば、味に深みが出る。

穴子は下ごしらえが肝要だ。

開いた穴子を、皮目を上にしてまな板に置く。尾から頭のほうへ熱い湯をかけ、包丁の背を使ってぬめりをこそげ取り、ちょうどいい幅に切る。

穴子の頭の骨を鍋に入れ、煮立ったらあくをていねいに取って煮詰める。これをこせばいいだし汁になる。

このだし汁に味醂や醬油などの調味料を入れ、穴子の身を入れてこっくりと煮る。あくを取り、醬油などを足しながら煮汁を回しかけるようにして味を含ませておく。

煮あがったら穴子をまな板に取り、熱いうちに平らにしておく。そうしないと身がまるまってしまう。

穴子のうま煮ができた。これを使って丼にする。

煮汁をさらに煮詰めてたれにする。丼にほかほかの飯をよそい、まずもみ海苔を散らす。そこに穴子を載せ、たれを塗っておろし山葵を載せれば、風味豊かな穴子丼の出来上がりだ。

膳には刺身の盛り合わせにさっぱりとした豆腐と茄子の味噌汁、それに青菜のお浸しの小鉢がつく。彩りが豊かで身の養いにもなる膳だ。

「鰻も良いが、穴子もうまいな」

不二道場の道場主が満足げに言った。

「飯にもたれがよくしみております」

「引き立て役の海苔と山葵もいいつとめで」

門人たちも笑顔だ。

「穴子よし鰻もよろし晴やの中食……字余り」

講釈師の大丈が軽口を飛ばした。

「うま煮と天麩羅の食べくらべなどもよいかもしれぬ」

境川不二が思いつきを口にした。

「穴子と鰻の食べくらべとか」

「それは無駄に手間がかかるだけでしょう」

「それもそうだな」

門人たちがさえずる。

そんな調子で、晴やの中食は今日も好評のうちに売り切れた。

四

二幕目に入った。

まず家主の杉造が来て、冷たい麦湯を所望した。これから長屋の見廻りのようだ。

ちょうど長屋の女房衆が惣菜を買いに来ていた。

「うちの亭主は、晴やの卯の花が大好物で」

中食の手伝いもしてくれているおそのが笑顔で言った。

「しっとりしてて、おいしいですよね」

おたきが言う。

一時（いっとき）は大川に身投げをとも思案した女だが、周りの助けもあって悪い亭主と縁を切り、いまはすっかり明るい表情になっている。

「ところで、捕り物で気張ったそうだね。うわさが耳に入ってきたよ」

家主が耳に手をやった。

「たまたま賊に出くわしただけで」

優之進はさらりと答えた。

「へえ、捕まえたんですか」

おたきが驚いた顔つきで言った。

「それは初耳です。さすがは元同心さまで」

おそのが尊敬のまなざしで見る。

「無事でよかったです。ほっとしました」

おはるが正直に言った。

「ほんとにそうだね」

杉造がしみじみと言って、麦湯を呑み干した。

女房たちと家主が去ってほどなく、二人の客がのれんをくぐってきた。

「まあ、長井さま」

おはるの顔がぱっと晴れた。

先に顔を見せたのは、長井半右衛門与力だった。

「おう」

与力がいなせに右手を挙げる。

「段取りを調えてきたぜ」

続いて、吉塚猛兵衛同心が入ってきた。

ともに一枚板の席に座る。

「穴子のうま煮ができてますが、いかがでしょう」

優之進が言った。

二幕目にも出せるように、うま煮は多めにつくってある。

「いいな。くれ」

長井与力が軽く身ぶりをまじえた。

「御酒の支度もいたしますので」

おはるが笑みを浮かべた。

「おう」

今度は猛兵衛が右手を挙げた。

五

酒と肴が来た。

さしつさされつして、箸が動く。

「穴子がいい塩梅だな」

長井与力が笑みを浮かべた。

「ありがたく存じます。天麩羅もできますので」

優之進が答えた。

「おう、あとで食うぜ。ただ、その前に……」

長井与力は箸を置き、ふところに手を入れた。

「例のものですな」

猛兵衛がにやりと笑う。

「そうだ」

優之進のかつての上役は、紫の袱紗(ふくさ)に包んだものを取り出した。

かなりのかさがある。

「これをおまえさんに預かってもらえねえかと思ってな」

長井与力が袱紗をかざした。

「それは、もしかして……」

おはるが瞬きをした。

「読むな、おかみ」

と、猛兵衛。

「大きさがちょうどそれくらいで」

おはるが答えた。

「預かってもらいてえのは、これだ」

長井与力が袱紗を解いた。

中から現れたのは、十手だった。

やや小ぶりで、黒い房がついている。

「看板猫の色に合わせて、黒にした。これで捕り物をやれとは言わねえ。岡っ引きになれとも言わねえ。魔除け代わりに、神棚にでも置いといてくんな」

長井与力は神棚を指さした。

「いったいどうしてわたしに」

優之進が厳しい顔つきで問うた。

「おまえさんはこのたびも手柄を挙げた。言わば、町場の見えねえ番所のあるじとして江戸の安寧を護ってくれてるわけだ。それなら、何か目に見えるしるしが要り用じゃねえかと思ってな」

長井与力は表情をやわらげた。

「うちは……」

優之進はひと息入れてから続けた。

「ただの料理屋ですから」

首を軽く横に振る。

「いや、ただの料理屋のあるじが、いくたびも悪党を捕まえたりできねえぜ。やっぱりおめえさんには持って生まれたものがあらあな。それにふさわしいしるしが要り用だろう」

長井与力が十手をかざした。

おはるは胸に手をやった。

なぜか心の臓の鳴りがいくらか速くなっていた。

あの日の記憶が、またそこはかとなくよみがえってくる。逆恨みをした女が屋敷に乱入し、そのせいで子を流してしまった痛恨の日の記憶だ。

優之進と目と目が合った。

そのまなざしで、通じ合うものがあった。

優之進は一つうなずいた。

そして、長井与力のほうを向いて言った。

「せっかくですが、お断りします」

晴やのあるじは、きっぱりと言った。

その言葉を聞いて、おはるは控えめに息をついた。

ほっとしたのだ。

「預かってくれねえのか。飾りでいいんだぜ」

長井与力が不平そうに言った。

「せっかくの話なのによう」

猛兵衛も唇をとがらせる。

「わたしは一介の料理人です。十手を捨て、包丁に持ち替えました。わたしが握るのは、料理をつくるための包丁だけです」

優之進の言葉に力がこもった。

「もったいねえなあ。悪い話じゃねえと思うんだが」

長井与力があいまいな顔つきで言った。

「包丁一本で生きると決めたもので」

優之進は引き締まった表情で告げた。

「心の十手だけ、預からせていただきます」

おはるはふと思いついて言った。

「そうか、心の十手か」

長井与力は長いあごに手をやった。

「それでしたら、預からせていただきます」

優之進はようやく少し表情をやわらげた。

「心の十手も本物の十手も、大した違いはねえじゃねえか」

猛兵衛がなお不満そうに言う。

「いや、大きな違いで」

優之進はすぐさま言った。

「とにかく、うちの人は十手じゃなくて包丁で生きることに決めたので」

おはるが念を押すように言った。

「仕方がねえな。これは収めておこう」

長井与力はそう言って、十手をまた袱紗に包んだ。

「相済みません」

ほっとする思いで、おはるは頭を下げた。

六

翌日の二幕目——。

十文字格太郎が二人の十手持ちとともに晴やののれんをくぐってきた。

見廻りの途中だから、冷たい麦湯だ。ただし、三杯飯の大吉だけは素麺も所望した。

「心の十手でいいさ」

長井与力から話を聞いたらしい隠密廻り同心が、娘のおはるに言った。

「しっかり持ってるから」

おはるは胸を軽くたたいた。

「代わりにおいらが気張るんで」

韋駄天の市蔵が十手をかざした。

「頼むぞ」

優之進が厨からかつての手下に言った。

「合点で」

市蔵は白い歯を見せた。

大吉は食う一方だ。素麺をまたずずっと啜る。

「うまそうに食うな」

格太郎が苦笑いを浮かべた。

「まだできますよ」

優之進が水を向けた。

「なら、軽くもらおうか」

格太郎が右手を挙げた。

「だったら、おいらも。人が食ってるのを見たら、おのれも食いたくなるからな」

大吉のほうをちらりと見て、市蔵が言った。

「ああ、やっぱり夏は素麺で」

三杯飯の大吉はそう言って箸を動かした。

かなりの盛りだったのだが、もう残りは少ない。

ほどなく、追加の素麺ができた。

「お待たせしました」

おはるが運ぶ。

「ちょっとずつ目立ってきたな」

娘のおなかに目をやって、格太郎が言った。

「蹴る勢いが強くなってきて」

おはるが伝えた。

「そりゃ何よりだ」

格太郎は笑みを浮かべた。

そして、やおら箸を取ると、素麺を勢いよく啜った。

「うん、うまいな」

隠密廻り同心が満足げに言う。

十手持ちも続いた。

「薬味の生姜と胡麻もうめえや」

韋駄天の市蔵の日に焼けた顔がほころぶ。

「夏はよく素麺が出てくれるので助かります」

おはるのほおにえくぼが浮かんだ。

「まだまだ暑いからな。ややこが生まれるまでにかせいでおけ」

格太郎が父の顔で言った。

「ええ」

短く答えると、おはるは帯にそっと手をやった。

七
「お留守番、お願いね」

おはるが黒兵衛に言った。

黒猫は少し間を置いてから、ごろんと土間に寝そべって腹を見せた。

「なでてくれって言ってるぞ」

優之進が飼い猫を指さした。

「はいはい」

おはるはいくぶん大儀そうに身をかがめ、黒兵衛のおなかをなでてやった。

黒猫が気持ちよさそうにのどを鳴らす。このところは客に向かっても、ごろんと腹を見せるから人懐っこい猫だ。

「そろそろ、いいかな。じゃあ、お留守番ね」

おはるは黒兵衛に言った。

猫はやや不安げなまなざしで飼い主を見た。

今日の晴やは休みだ。仕込みもおおむね終わっている。あとは帰ってからやればいい。

身重の体で遠出はできないが、近場を歩くのはむしろお産のためにいい。また往診に来てくれた医者の志垣幸庵からもそう勧められた。ちなみに、医者も産婆のおそでも、いまのところいたって順調だと太鼓判を捺(お)してくれた。

おはると優之進は、まず最寄りの地蔵堂にお参りした。

どうか無事にややこが生まれてきますように。

そして、今度こそ、大きくなるまでつつがなく育ってくれますように……。

おはるが両手を合わせた時は優之進より長かった。

お参りを終えた晴やの二人は、京橋の裏通りにある団子屋へ向かった。

持ち帰りもできるが、見世の前の長床几に座って食べることもできる。目立たないところだが、隠れた名店だ。

「あっ、空いてるわ」

おはるは足を速めた。

「急がなくてもいいぞ」

優之進がすかさず言う。

「ええ」

おはるは急ぎ足をやめて、慎重に歩きだした。

団子屋では、冷たい麦湯と、餡団子とみたらし団子を頼んだ。

「相変わらずうまいな」

食すなり、優之進が言った。

「もちもちしてて、おいしい」

おはるが笑みを浮かべる。

「甘すぎず、後を引く感じが絶妙だな」

優之進がうなった。

「そうそう、甘すぎないのがちょうどいいの」

おはるがそう言って、次の串に手を伸ばした。

長床几は横に二つ並んでいた。向こうの端には子供づれの先客がいる。

そのうち、もう一皿食べると言って男の子がぐずりだした。

「初めから一皿って言ってあったからな」

「聞き分けのないことを言うなら、もう連れてこないからね。さあ、行くよ」

父親と母親がたしなめる。
わらべは不承不承に立ち上がった。
それを見ていたおはるは、残りの麦湯を呑み干した。
ああいう時が、わが身にも訪れますように。
無事に生まれたややこが育って、みなでまたここに来られますように……。
おはるは、そう願わずにはいられなかった。

第七章　ほっこり粥（がゆ）

一

時の流れは速い。

暑さの潮が引き、涼しい秋風が吹くようになったころ、いよいよおはるのお産が近づいてきた。

おおよその生まれ日までは、あと十日ほどだった。もうここまで来れば、いくらか早めに生まれても無事に育ってくれるだろう。お産の峠はこれからだが、おはるも優之進もひとまず胸をなでおろした。

そんなある晩――。

おはるは明け方に夢を見た。

夢の中では、もうお産が終わっていた。
おはるの腕の中にはややこがいた。
ああ、ちゃんと生まれてきてくれたんだわ……。
おはるはほっとする思いだった。
すると……。
驚いたことに、ややこがやにわにしゃべった。
「ははうえ」
と、言った。
その声に聞き憶えがあった。
晴美だ。
たった二つで死んでしまった晴美が、こうして生まれ変わってきてくれた。
そう思うと、にわかに胸が詰まった。
「ははうえ」
また赤子が口を開いた。

夢の中で、おはるはいくたびもうなずいた。
「ここは町場だから、『おかあ』でいいよ」
わが子に向かって、おはるは言った。
少し間があった。
胸に抱いた晴美は、笑ったように見えた。
そして、こう言った。
「おかあ」
その声を聞いたとき、もうたまらなくなった。
あとからあとから涙が流れた。
夢の潮が引いた。
おはるはようやく目を覚ました。

二

異変に気づいたのは、それからまもなくのことだった。
おなかの痛みが前日までと違った。

晴美を産んだときの記憶がよみがえる。

来たかもしれない。

優之進は先に起きて仕込みを始めていた。

「おまえさま」

身を起こしたおはるは声をかけた。

「どうした？」

優之進が厨から問うた。

「早めに来たかも。おなかが痛くて……」

おはるは精一杯の声で答えた。

「本当か」

優之進が急いでやってきた。

「たぶん、そうだと思う。尋常じゃない痛みで……」

おはるは腹を押さえた。

「そうか。産婆を呼んだほうがいいか」

優之進は口早に問うた。

「うーん……」

おはるは首をひねった。

そこまで切迫しているのかどうか、痛みのなかでは判断がつきかねた。

「ともかく、今日は休みだ。貼り紙を出してくる」

優之進は言った。

おはるは小さくうなずいた。

本日おやすみさせていただきます
急なことで相すみません
晴や

焦っていたせいか「急」の字を間違えてしまって書き直した。

「長屋の女房衆も起きてるだろう。伝えてくる」

優之進が戻ってきて言った。

「はい」

おはるは小さい声で答えた。

そのとき、またおなかがきりきりと痛んだ。

昨日まではなかった痛みだ。

間違いない。

来るわ。

おはるは唇をかみしめた。

三

「大丈夫よ。みなついてるから」

晴やの手伝いをしているおまさが言った。

「ええ……ほんとに痛くて」

おはるがおなかに手をやった。

「支度をしないとね。おそでさんにも伝えないと」

もう一人のおそのが口早に言う。

「産婆さんのところなら、わたしが」

おたきが手を挙げた。

「じゃあ、お願い、おたきさん」

おまさが言った。

「承知で」

おたきはさっそく動きだした。

「なら、ちょっと狭いけど納屋へ。いまご亭主が支度してくれてるから」

おまさが身ぶりをまじえた。

お産は裏手の納屋で行う。長屋の衆もそれはみな承知していた。

出血があるお産をケガレとする考え方は昔からある。そのため、離れや納戸などに隔離された状態で行うのが当時の習わしとなっていた。

「はい……いたたた」

おはるはまたおなかを押さえた。

きりきりと痛む。

万力で絞められているかのような痛みだ。

間違いない。これは来る。

おはるはそう確信した。

「さあ、つかまって」

おそのが肩を貸してくれた。

「ゆっくり行きましょう」

おまさも支える。

裏手の納屋まで、時をかけて慎重に進んだ。

納屋では優之進ともう一人の男が支度をしていた。

錺職の平太だ。居職でいつも長屋にいる気のいい男で、いざというときに頼りになる。

「大丈夫か」

優之進はおはるを気づかった。

小さくうなずくだけで精一杯だった。額には脂汗が浮かびだした。

「支度はどうです？」

おまさがたずねた。

「力綱は通したから、あとは布団などの運び入れで」

優之進は答えた。

「晒し木綿と油紙も入れたからよ」

平太が歯切れよく言った。

「なら、布団を」

おまさが言った。

「いま運びます」

「合点で」

優之進と平太が動いた。

「あとは厠を」

おそのが言った。

「ああ、そうね。あとで運ぶわ」

おまさが答えた。

当時のお産はいまとだいぶ違っていた。

あお向けになって産むのではなく、壁にもたれかかっての座産が多かった。なかには天井の梁に通した力綱をしっかり握り、立ったままお産をする場合もあった。

座産でも力綱は要り用になる。綱にすがってうんと息むのだ。

ずっと納屋にいなければならないため、持ち運びができる厠が要る。そういった便利な道具はいろいろとあった。

ややあって、優之進と平太が布団を運んできた。

納屋の奥、あまり雨漏りしそうにないところに据える。

「縄を移したほうがいいか」

優之進が言った。

「そうですね。ちょうど握ってお産ができるように」

おまさが力綱を手で示した。

「なら、移しまさ」

平太がすぐさま動いた。

おはるはふっと一つ大きな息をついた。

ずっと痛みが続くわけではない。凪のような時も来る。

お産じゃなくて、思い過ごしだったら申し訳ないわ。

みなこんなに支度してくださっているのに……。

そう思うこともあった。

さりながら、その思いを打ち消すように、また波が襲ってくる。

思い過ごしじゃないぞ。本当のお産だぞ。

そう告げるかのような波だ。

「よし、試してみよう」

優之進がおはるに言った。

おはるは小さくうなずいた。

「さあ、こっちへ」

「お布団に身をよりかからせて」

おまさとおそのが言う。

おはるは慎重に身を移した。

布団に寄りかかると、だいぶ楽になった。

「どうだ？」

優之進が気づかう。

「このままお産になるから、按配が悪かったら言って」

おまさが言った。

「さあ、これをつかんで」

おそのが力綱を渡す。

「ええ」

おはるは試してみた。

身の場所を少し変えると、ちょうどいい按配になった。

「それでいけそう？」

おまさが問う。

力綱を握り直す。

息むしぐさをしてみる。

手ごたえがあった。

「大丈夫そうです」

おはるは少しだけ表情をやわらげた。

ほどなく、おたきが産婆のおそでをつれて戻ってきた。

「なら、おいらは御役御免で」

平太が軽く右手を挙げた。

「ありがたく存じました」

おはるが礼を述べる。

「また何かあったら呼んでくだせえ」

気のいい錺職人が白い歯を見せた。

「では、湯を沸かしたらわたしも」

優之進が言った。

当時の産室に男が立ち入ることはなかった。いまのような出産立ち会いなどはもってのほかだ。

「あとはやりますんで。気をもむかもしれないけど、待っててください」

産婆が笑みを浮かべた。

「どうかよろしゅうに」

優之進は頭を下げると、おはるの顔を見た。

「大丈夫だから、気張れ」

最後に声をかける。

「ええ」

おはるは短く答えると、また一つ息をついた。

四

優之進は湯を沸かし、納屋に運んだ。

晴やは休みで、明日の仕込みも終わっている。

「おまえは代わりに見守ってやれ」

黒兵衛に向かって、優之進は言った。

心得たわけではあるまいが、黒猫は前足をそろえて伸ばしてからどこかへ歩きだした。

ここにいても気をもむばかりだ。優之進は散歩に出かけることにした。

楓川べりを歩いていると、河岸で働く男から声がかかった。

「今日の中食は何ですかい」

手を止めて問う。

「相済みません、女房が産気づいたので今日はお休みです」

優之進は答えた。

「ほう、そうですかい。そりゃ大変（てえへん）だ」

「無事に生まれるといいっすねえ」

「おいらもなんべんか『待ち』をやったけど、ありゃあ落ち着かねえもんで」

河岸で働く男たちが口々に言った。

「そんなわけで、しばらく休むことになると思います。ご不便をおかけします」

優之進は頭を下げた。

「そりゃ、しょうがねえや」

「ややこができたら、ゆっくり養生がいちばんで」

「またのれんが出たら、食いに行きまさ」

気のいい男たちがそう言ってくれた。

それから、日本橋のほうへ向かった。

途中で地蔵堂に立ち寄った。安産祈願もしたところだ。


どうか、無事に生まれてきますように。

おはるも無事でいられますように。


優之進は両手を合わせて長く祈った。

日本橋の通りに出ると、にわかに人通りが増えた。

そのうち、向こうから見憶えのある顔が近づいてきた。

他人の空似かと思ったが、そうではなかった。

「あれっ、見世はどうしたんですかい？」

優之進に向かってそう問うたのは、韋駄天の市蔵だった。

「いよいよ産気づいてな」

かつての手下に向かって、優之進は答えた。

「そうですかい。そりゃえらいこって」

市蔵の日に焼けた顔が引き締まった。

「産婆さんが来ているし、長屋の女房衆に世話をしてもらっているから、おれにはやることがない」

優之進は苦笑いを浮かべた。

「待ってるだけですものね」

と、十手持ち。

「ときどき様子を見に戻ろうかと思ってるがな」

優之進が言った。

「赤子の泣き声が聞こえたらいいっすね」

市蔵が表情をやわらげた。

「そうだな」

優之進は感慨深げに答えた。

「なら、おいらは見廻りなんで」

十手持ちが右手を挙げた。

「おう、気張ってやってくれ」

優之進はやっと白い歯を見せた。

五

二度目のお産は格段に楽になる。

そんな話を聞いたことがあった。

しかし……。

ちっともそうじゃなかった。

おなかがきりきりと痛む。

小ぶりの大八車に轢(ひ)かれているかのような痛みだ。

「力綱をしっかり握って」

　産婆のおそでが声をかけた。

　ろくに返事もできなかった。

　もれるのはうめき声だけだ。

「気張って、おはるさん」

　おまさが励ました。

「あともうちょっと」

　おそのも和す。

　おたきとほかの女房たちも、祈るようなまなざしで見守っていた。子の世話がある者を除けば、みな納屋の周りに集まってきている。

「はい、息んで」

　産婆がうながした。

　おはるは脂汗を浮かべながら息んだ。

　またきりきりと痛む。

　難儀な長い坂を上っているかのようだ。

　壁のような坂が行く手に延々と続いている。

どこまで上ればいいのか、終わりが見えない。

また波が来た。

おはるは大きなうめき声をあげた。

「もうすぐ峠」

「あと少し」

「ややこは出たがってるから」

声が飛ぶ。

おはるは涙目でうなずいた。

さまざまな顔が浮かぶ。


おまえさま、助けて……

心の中で、おはるは優之進に訴えた。

六

「さて、帰るか」

優之進はそう独りごちて箸を置いた。

京橋の外れの飯屋でいくらか早い中食をとった。名もなき見世だが、こういうところが存外に侮れぬ料理を出したりする。

しかし……。

どうも味がろくに分からなかった。煮魚の味つけが濃すぎるような気もするが、判断がつきかねた。

落ち着いて食事をする気分ではなかった。やはり気になって仕方がない。

勘定を済ませると、優之進は飯屋を出た。

そろそろ生まれたころかもしれない。

そう思うと、いてもたってもいられなかった。

長屋に戻っても、まだ生まれていないかもしれない。そのときはそのときで、またどこぞで時をつぶせばいい。

優之進はそう思い、いったん帰ることにした。

繁華な通りを外れ、近道を進みだしたとき、前方に人影が見えた。

箱を背負った小間物屋風の男だ。

その歩き方に見憶えがあった。

「お義父さん」

優之進は声をかけた。

振り向いた顔を見ると、やはり隠密廻り同心の十文字格太郎だった。

「おう、どうだ」

格太郎がたずねた。

「これから戻ってみるところです」

優之進は答えた。

「市蔵にばったり会って話を聞いた。なら、一緒に行こう」

おはるの父が言った。

二人は並んで歩きだした。

「気をもむな」

格太郎が言う。

「無事に生まれていればいいんですが」

と、優之進。

「そうだな」

格太郎がうなずいた。

二人は足を速めた。

七

最後の峠にさしかかった。

おはるは力綱を握る手に力をこめた。

ずいぶん長くそうしていたから、指はすっかりこわばっていた。

「いけそうよ、気張って」

腹をさすっていた産婆のおそでが言った。

「はい、一(ひ)の二(ふ)の……」

おまさが数を数える。

「三つ」

おそのが声を発した。

その声に合わせて息む。

あまりのつらさにだんだん涙もかれてきた。

頭の芯がぼんやりとかすんでくる。

眠気が襲う。


寝るな。

まだこれからだ。


そう告げるかのように、また鋭い痛みが襲う。

「もうひと気張り」

産婆の声が高くなった。

一の二の……

三つ！

女房衆の声に合わせて息む。

いくたびそうしたことだろう。

いままでと違う感じが走った。

まぶたの裏で火花が散った。


ああ、きれいな火花……。

そう思ったとき、すーっとおなかが楽になった。

八

長屋が近づいたときに声が聞こえた。

赤子の泣き声だ。

「生まれたか?」

格太郎が言った。

「そうかもしれません」

優之進は胸に手をやった。

長屋のほかの子かもしれないが、たしかめればすぐ分かる。

「どっちだ？」

格太郎が訊いた。

「裏手に納屋があります。お産はそこで」

口早に答えて、優之進は案内した。

赤子の泣き声ばかりではない。

声が聞こえた。


よかったわねえ。

よく気張ったわ、おはるちゃん。


女房衆の声だ。

「おう、生まれたぞ」

格太郎の声が弾んだ。

「そうみたいです」

優之進の顔がほころぶ。

納屋の前には人だかりができていた。

「あっ、生まれましたよ」

おたきが気づいて優之進に声をかけた。

「よかったな」

格太郎が白い歯を見せた。

「ほっとしました」

優之進が胸に手をやったとき、また赤子が泣いた。

九

赤子が生まれても、むろんそれで終わりではない。

お産ほど強くはないが、痛みがしばらくある。それから胎盤(たいばん)が剥(は)がれ出る。このときに出血が生じやすいから注意しなければならない。

京橋の志垣幸庵のもとへは、すでに平太が知らせに走ってくれた。医者はおっつけ来てくれるだろう。

「そろそろいいですよ、旦那さん」

産婆から待望の声がかかった。

「はい」

優之進は短く答えて納屋に入った。

おはると目が合う。

大きなつとめを果たしたあとでさすがに面（おも）やつれはしているが、浮かんだ笑みは前と変わらぬ女房のものだった。

「気張ったな」

優之進は労をねぎらった。

「二度目だけど、ちっとも楽じゃなかった」

おはるが言った。

「そうか」

優之進がうなずく。

「さあ、ややこを」

赤子を入れたおくるみを抱いたおまさが手を差し出した。

「どっちだい？」

うしろにいた格太郎が問うた。

男か女かという問いだ。

「女の子です」

おまさは答えた。

優之進はおくるみを受け取った。

生まれて間もない赤子がまた泣く。

顔じゅうを口にして、泣く。

「おお、よしよし」

優之進があやした。

女の子と聞いて、胸に迫るものがあった。

「晴美が……」

おはるがそこで言葉を切った。

続けざまに目をしばたたかせる。

「そうだな」

赤子を抱いた優之進が言った。

女房の思いが伝わってきた。

ちちうえ

ははうえ……

亡き娘の声がよみがえってきた。

時を経て、還ってきてくれたのかもしれない。

そう思うと、胸に熱いものがこみあげてきた。

十

「ようございましょう」

総髪の医者が笑みを浮かべた。

京橋の診療所から往診に来てくれた志垣幸庵だ。

おはるは敷き直した布団にあお向けになっていた。ただし、頭のほうがいくらか高くなっている。

「血は止まっておりますので、あとは養生すれば大丈夫です」

医者は太鼓判を捺した。

「はい」

おくるみを抱いたおはるが笑みを浮かべた。

隠密廻り同心はつとめの途中だ。孫を嬉しそうに抱くと、格太郎はおはるにひと声かけて町に戻っていった。

「これからの養生が大事ね」

おまさが言った。

「わたしのときは、七日寝るなとか無体なことを言われたけど」

おそのが少し顔をしかめた。

「それはかえって身の障りになります。わたしは勧めておりません」

医者はきっぱりと言った。

「ずっと寝ないわけにもいきませんものね」

産婆のおそでが言った。

「椅子に座ったままでいることを勧める向きもありますが、なるたけ楽にして、大きなつとめを終えた体を休めることが肝要でしょう」

志垣幸庵が言った。

おはるがほっとしたようにうなずく。

「食事はどうでしょう」

優之進がたずねた。

「身の養いになるお粥から始められればいいでしょう。お産で水気が失せていますので、そのあたりも補えます」

医者はていねいに答えた。

「では、玉子粥でよろしいでしょうか」

優之進はなおも問うた。

「玉子は身の養いになりますから、最もよろしゅうございましょう。三日ほどは三度の食事がすべて玉子粥でもいいと思います。それから、食べやすいお惣菜などをだんだんに増やしていけば」

志垣幸庵が白い歯を見せた。

「なら、そのうち惣菜だけでもやってくださいな」

「そうそう、わたしら助かるんで」

「晴やの惣菜は江戸一だから」

見守っていた長屋の女房衆が口々に言った。

「分かりました。やりましょう」

優之進が請け合った。

「それから、刺身などは念のためにしばらく控えてください」

医者が言葉を添えた。

「承知しました。では、さっそく玉子粥をつくりましょう」

優之進はぽんと一つ帯をたたいた。

十一

「さあ、玉子粥だ」

優之進は匙ですくったものをおはるの口に近づけた。

「いただきます」

おはるが口をあける。

優之進は玉子粥を口中に投じ入れた。

ゆっくりと味わう。

「……おいしい」

おはるは感慨深げな面持ちで言った。

ほのかな甘みとあたたかさが五臓六腑にしみわたるかのようだった。

「もっと食え」

優之進がまた匙を動かした。

「ええ」

おはるはこくりとうなずいた。

ひと口味わうたびに、おいしさが身の内に広がっていく。

心がほっこりする。

ほっこり粥だ。

「あと三日はこればかりだぞ」

優之進が笑った。

「このお粥だと飽きないから」

おはるのほおにえくぼが浮かんだ。

お粥がなくなったとき、赤子が目を覚ました。

たちまち泣き顔になる。

「はいはい、お乳ね」

おはるがあやしはじめた。

「しっかりもらえ。……なら、また来るよ」

優之進がお粥の碗を軽くかざした。

「ええ、おいしかった。いままでいちばんおいしいお粥だった」

おはるは包み隠さず言った。

本当にそのとおりだった。

いままで生きてきて、いちばんおいしいお粥を食べた。

おはるはそう思った。

「毎度ありがたく存じます」

優之進は少しおどけて答えた。

赤子を抱いたおはるの顔に笑みが浮かんだ。

第八章　鯛茶の味

一

二日後におはるは納屋を出て晴やに戻った。産婆のおそでから許しが出たのだ。

長屋の女房衆と錺職の平太も手伝い、布団なども運んだ。

またいくらか頭のほうを高くしたが、体はずいぶん楽になった。何より、納屋より晴やのほうが格段に落ち着く。

「ああ、帰ってきたわね」

おはるがしみじみと言った。

「やっぱり落ち着くだろう」

優之進が笑みを浮かべた。

「ええ。晴やがいちばん」

おはるは笑みを返した。

手伝いの面々は長屋へ戻っていったから、ここからは親子水入らずだ。

赤子はさきほどまでむずかっていたが、乳をもらって眠った。目はおはるに、鼻筋や口もとなどは優之進に似ている。

「おいで、黒兵衛」

おはるが黒猫に声をかけた。

「仲良くな」

優之進も言う。

黒猫は赤子を警戒しているようで、おっかなびっくり近づいてきた。

「みゃーん」

何か訴えるかのようになく。

「大丈夫よ、黒兵衛。おまえの妹分だから」

おはるが言った。

「何もしないから平気だぞ」

腰が引けている猫に向かって、優之進が言った。

「あっ、やっと来た」

おはるが笑った。

黒兵衛は布団に飛び乗ると、恐る恐る近づいて、眠っている赤子の手のにおいをかぎはじめた。

「よろしくね、黒兵衛」

おはるが言う。

それに応えるように、黒猫がぺろりと赤子の手をなめた。

「おまえはうちの福猫だから、無事育つように頼むぞ」

優之進がまじめな顔つきで言った。

「頼むね」

おはるも和す。

じっと見られた黒猫は、困ったようにあごの下を前足でかきだした。

二

晴やの前にこんな貼り紙が出た。

女の子が無事うまれました
ありがたく存じます
惣菜、またはじめました
中食と二幕目はなおしばし休みます
相すみません

晴や

「おっ、生まれたのかい」

「そりゃめでてえや」

前を通りかかった河岸で働く男たちが言った。

「何だ、惣菜だけかよ」

「しょうがねえや。中食はしばらく待ちで」

「おう」

男たちはそのまま去っていった。

代わりに、女房衆が惣菜を買いに鉢を手にしてやってきた。同じ長屋ばかりではない。

ひと味違う晴やの惣菜を求めて、いくらか離れたところからも客がやってくる。

「白和えがおいしそうね」

「前にも食べたけど、おいしかったから」

「亭主も大好物で」

女房衆が次々に所望した。

晴やの白和えはこうつくる。

水切りをした豆腐を裏ごししてなめらかにする。

それから練り胡麻と、酒と醬油、砂糖と塩を加えて、うまくなれ、うまくなれと念じながらすり鉢でていねいにする。

ここに具を加える。

薄切りの人参と椎茸、短冊切りにして下ゆでした蒟蒻をだしと醬油と味醂で煮含める。

胡瓜は小口切りにして塩水につけ、しんなりしたところで水気を切っておく。

これを杓文字でまんべんなくまぜれば、具と衣が塩梅よくなじんだうまい白和えの出来上がりだ。

「金平は二種あるのね」

「細いのと太いのと」

女房衆が鉢を指さして言った。

「しっとりしたささがきと、せん切りの煎り煮、二種の金平をぜひ食べくらべてみてください」

厨から優之進が言った。

「あきないがうまいわねえ」

「これで晴やも安泰で」

女房衆が笑みを浮かべた。

そのやり取りを、おはるは奥で赤子に乳をやりながら聞いていた。まだ出ていってあいさつするところまではいかないが、だんだん調子は戻ってきた。

そのうち、優之進は秋刀魚(さんま)の蒲焼きを焼きだした。

これからは秋刀魚がうまい季(とき)だ。塩焼きもいいが、蒲焼きにしてもうまい。わたのほろにがさも美味で、鰻や穴子とはまたひと味違ううまさだ。

「匂いにつられて来たぜ」

錺職の平太が顔を見せた。

「同じくだよ」

人情家主の杉造が笑みを浮かべた。

「いま上がりますので」

優之進が笑顔で答えた。

ここで赤子が泣きだした。

「おっ、いい声だな」

と、平太。

「はいはい、お乳ね」

おはるの声が響いてきた。

「どうだい、調子は」

杉造が奥に向かって声をかけた。

「おかげさまで、だいぶよくなってきました」

おはるが答えた。

「その声なら大丈夫だね」

家主がうなずいた。

「はい、お待たせで」

優之進が蒲焼きの皿を出した。

「今日はうめえ酒が呑めるぞ」

平太の顔がほころんだ。

三

ややあって、左門が十手持ちと下っ引きとともに現れた。

「めでてえこって」

手に提げたものを、韋駄天の市蔵がついとかざした。

見事な尾の張りの鯛だ。

「ああ、悪いな」

優之進が受け取る。

「精をつけてくだせえ」

三杯飯の大吉が言った。

「上がってややこを抱いてあげてくださいい、お義父さん」

おはるが奥から言った。

「おう、そうさせてもらおう」

左門は奥へ進んだ。

「刺身を食うか？　おはるにはまだ出せぬゆえ」

優之進がかつての手下たちに問うた。

「そりゃもちろんで」

市蔵が打てば響くように答えた。

「いくらでも食いますよ」

大吉が腹をぽんとたたいた。

左門の手に孫が渡った。

「おお、よしよし」

元同心の目じりにしわが浮かぶ。

「鼻筋などは優之進さまにそっくりで」

おはるが笑みを浮かべた。

「目は母親にそっくりだぞ」

左門がおはるの顔を見た。

「よく言われます」

おはるのほおにえくぼが浮かんだ。

「それで、名はもう決めたのか」

左門が問うた。

「いろいろ思案しているので、あと三日くらいで決めようかと」

おはるが答えた。

「そうか。大変だが楽しみだな」

左門が白い歯を見せた。

ほどなく、まだ名のついていない赤子が泣きだした。

「おう、爺ではいかぬな。母の元へ戻れ」

左門はおはるに赤子を戻した。

ややあって、刺身ができた。

「どうぞ食べていってください」

優之進が勧めた。

「では、祝いの刺身ということで」

左門が箸を取った。

「おいらたちも舌だめしを」

「へえ」

市蔵と大吉も続く。

さばきたての鯛を醤油につけ、口に運ぶ。

「うめえ」

「身がこりこりで」

かつての手下たちが満足げに言った。

「余った切り身は昆布締めにするから、残しておいてくれ」

優之進はおもに大吉に言った。

「承知で」

三杯飯の大吉がすぐさま答えた。

四

ひと晩昆布締めにした鯛はいい塩梅になった。これでうまい鯛茶ができる。

従兄の猛兵衛が赤子を見がてら顔を出してくれたので、さっそくふるまうことにした。

「ああ、うめえや」

廻り仕事の途中に立ち寄った同心が満足げに言った。

「おはるに出していいかどうかまだ分からないので、いくらでもお代わりを」

優之進が笑みを浮かべた。

「いやいや、こういうのは一杯だけであとを引かせるのがいいんだ」

猛兵衛はそう言って、また鯛茶をかきこんだ。

「はい、よしよし」

奥ではおはるが赤子をあやしていた。

「名は決まったのかい」

猛兵衛が訊いた。

「いろいろ相談してるんですがねえ」

おはるが答えた。

「そろそろ決めてやらないと」

と、優之進。

「まあ、名を決めるのも楽しみのうちだからな」

廻り方同心は白い歯を見せると、わっと残りの鯛茶をかきこんだ。

「抱っこしていってくださいい、猛さん」

おはるが言った。

「いいのかい」

猛兵衛が腰を上げる。

「ええ。丈夫な子になるようにと」

おはるが笑顔で言った。

「そりゃ、丈夫だけが取り柄だからよ」

猛兵衛は帯を手でぽんとたたいた。

「はい、どうぞ。江戸の同心さまよ」

まだ名のついていない赤子に言う。

「大したもんじゃねえがよ。……おう、こりゃおかみに似た小町娘になるぜ」

猛兵衛が赤子の顔を見た。

それが怖かったのかどうか、赤子はたちまち火がついたように泣きだした。

「おう、よしよし」

あわててあやすが、泣き声はますます高くなった。

「こりゃいけねえ。おっかさんのとこへ行きな」

猛兵衛があわてて赤子を返したから、まだのれんを出していない晴やに和気が漂った。

五

ちょうどいい具合に、その日は志垣幸庵が往診に来てくれた。

おはるも赤子も、いたって順調だということだった。

「ありがたく存じます。女房に鯛茶を出していいかどうか、迷っていたのですが、いかがでしょう」

優之進はたずねた。

「ああ、もうよろしゅうございましょう。生ものはいま少しお控えいただきたいのですが、鯛茶にするのでしたら」

総髪の医者が答えた。

「なら、あとでいただくわ」

おはるが乗り気で言った。

「分かった。……先生もいかがでしょう」

優之進は幸庵に勧めた。

「さようですね。せっかくですから、一杯頂戴できればありがたいです」

医者は折り目正しく答えた。

「承知しました」

優之進はさっそく手を動かしだした。

鯛茶はづけにした切り身を用いることも多いが、このたびは昆布締めにした。

白胡麻を粘り気が出るまでよくすり、醬油を混ぜて胡麻だれをつくる。碗に飯をよそったら、しっかりと昆布締めにした鯛の切り身を載せ、さらに胡麻だれを加える。

ここに薄めの昆布だしを注ぎ、せん切りの大葉とおろし山葵と切り海苔を添えれば、風味豊かな鯛茶の出来上がりだ。

「お待たせいたしました」

優之進が鯛茶を一枚板の席に出した。

「これはおいしそうですね。いただきます」

幸庵が一礼した。

赤子は寝てしまった。やさしく抱きながら、おはるが様子をうかがう。

「美味、のひと言ですね」

医者が笑顔で言った。

「ありがたく存じます」

優之進が頭を下げた。

「あ、おなかが鳴ってしまいました」

おはるが言う。

「食欲が出てきたのは何よりです」

幸庵はそう言うと、また箸を動かした。

「あとでつくるから」

優之進がおはるに言う。

「五臓六腑にしみわたりますね。心と身、どちらの養いにもなります」

往診の医者が太鼓判を捺した。

「それは引札にもなりそうですね」

と、おはる。

「どうぞお使いください。ところで、赤子の名はお決まりになったのでしょうか」

幸庵がたずねた。

「よく訊かれるのですが、まだ迷っていて」

優之進が答えた。

猛兵衛に続いて今日は二人目だ。

「そろそろ決めますので」

おはるは笑みを浮かべた。

「では、次の往診では名を呼ばせていただきます。……ああ、おいしかったです。堪能しました」

医者は満足げに箸を置いた。

六

志垣幸庵を見送ったあと、優之進はさっそく女房のために鯛茶をつくった。

「お待たせいたしました」

客に向かう口調でおはるに言う。

「ありがたく存じます」

おはるもおかみの所作で頭を下げた。

「なら、食べながら名前の相談をするか」

優之進が言った。

「ええ」

おはるはうなずいて箸を取った。

「昆布締めの切り身はあとの楽しみで」

鯛を少し横にずらすと、おはるは茶漬けを少しかきこんだ。

「……おいしい」

声がもれる。

「ほっこり粥の次は、ほっこり茶漬けだ」

優之進が笑みを浮かべた。

「どちらも、ほっこり」

おはるは笑みを返すと、今度は少し迷ってから鯛を口中に投じた。

たちまち幸せの色が顔に浮かぶ。

「で、名前だが、母の名と響かせて、『おはな』などはどうだろう」

優之進が案を出した。

「うーん、『は』が頭につく名だと、わたしとまぎらわしいかも」

おはるは小首をかしげた。

「なるほど、それもそうか」

優之進がうなずく。

「だったら、おまえさまの名から採って『おゆう』とか『おしん』とかはどうかしら」

おはるはそう言うと、また鯛茶を胃の腑に落とした。

「おれの名か……」

優之進は首をかしげた。

「できることなら、二人の子なのだから、どちらのよすがにもなる名がいいな」

しばし思案してから、優之進は言った。

「どちらのよすがにもなる名ねえ」

おはるはそう答えると、もうひと切れの鯛をかんだ。

昆布締めの鯛の味が、悦ばしく広がる。

その味の道の向こうに、まぼろしめいて、一つの面影が浮かんだ。

晴美だ。

そう思った刹那、鯛茶の味がひときわ深くなったような気がした。

それとともに、だしぬけに名の案が浮かんだ。

「この子は晴美の生まれ変わりかもしれないから、『はるみ』の『は』を除いて、『おるみ』はどうかしら」

おはるはそう言うと、残りの鯛茶を胃の腑に落とした。

「『おるみ』か、あまり聞かない名だな。『おるい』ならともかく」

優之進はあごに手をやった。

「たしかに……ああ、ごちそうさまでした」

おはるは箸を置いた。

赤子はおくるみの中で寝息を立てている。優之進もおはるも、しばしその寝顔を見ていた。

「おるみ、おるみ……」

優之進は小声で名を呼んでみた。

「あっ、そうだ」

おはるが軽く手を打った。

おるみに当てる字を思いついたのだ。

「美しさを留めるという字を当てて、『お留美』にすればいいかも。通り名は平仮名の『おるみ』でいいけれど」

おはるは思いついたことを伝えた。

「なるほど、それで一本、筋が通るな」

優之進が答えた。

「晴美の妹だから」

おはるが笑みを浮かべる。

「晴美の妹のおるみか……よし、それでいくか」

今度は優之進が手を打った。

「名が決まったよ、おるみちゃん」

おくるみに入っている娘に向かって、おはるはやさしく声をかけた。

第九章　秋刀魚（さんま）塩焼きと蒲焼き

一

「晴」と染め抜かれたのれんが帰ってきた。
しばらく休んでいた晴やは、いよいよ今日から再開だ。
見世の前にはこんな貼り紙が出た。

けふから中食はじめます
きのこたきこみご飯　さんま塩焼き
けんちん汁　小ばち
三十食かぎり　三十文

「おっ、やってるぜ、中食」

河岸で働く男たちの一人が貼り紙を指さした。

「秋刀魚、食いたかったんだ」

「おう、渡りに舟だな」

「よし、入るぜ」

河岸の衆は次々にのれんをくぐってきた。

「いらっしゃいまし」

出迎えたのはおまさだった。

「空いているお席にどうぞ」

おそのが身ぶりをまじえる。

もう一人、おたきの顔も見える。

「おかみは奥かい」

客の一人が問うた。

「まだ無理はできないので」

優之進が厨から答えた。

「ややこの世話もありますから、お見世はしばらくわたしらで」

おまさが言う。

「そりゃそうだな」

「無理しねえほうがいいぜ」

気のいい男たちが言った。

膳が出たところで、早くも次の客がいくたりか入ってきた。

不二道場の剣士たちだ。

「また世話になる」

道場主の境川不二が言った。

「うまいものがまた食えます」

「ありがたいことで」

門人たちが笑みを浮かべた。

「秋はやっぱり秋刀魚だな」

「たっぷりの大根おろしに醤油、これがいちばんで」

河岸で働く男たちが満足げに言った。

茸の炊き込みご飯とけんちん汁も好評だった。

「どちらも具だくさんだな」

境川不二の箸が動く。

「茸がふんだんに入っております」

「脇役の油揚げがまたいいつとめで」

「けんちん汁がずっしりと重い」

門人の一人が椀を持ち上げてみせた。

ここで講釈師の大丈が入ってきた。近くの隠居も来た。再開の初日から千客万来だ。

ややあって、奥で赤子が泣きだした。

「おっ、元気のいい声だな」

道場主が言う。

「おお、よしよし、お乳ね」

おはるの声が響いてきた。

「達者か、おかみ」

境川不二が声をかけた。

「はい、おかげさまで」

いい声が返ってきた。

「それは何よりだ」

道場主が白い歯を見せた。

「名はついたのか、あるじ」

大丈がたずねた。

「はい。おるみと。美しさを留めるという字を当てます」

優之進が答えた。

「それは珍しき名なり」

と、講釈師。

「何にせよ、名づけが終わって重畳だ」

境川不二がそう言って、また小気味よく箸を動かした。

「飯も良し赤子も良しやけふの晴や……字余り」

大丈がいつもの調子で一句発した。

そんな調子で、再開初日の晴やの中食は滞りなく売り切れた。

「ありがたく存じました。そのうち勘定場には座れると思うので」

おはるが手伝いの女房衆に言った。

「あんまり無理しないで。わたしら三人いたら、なんとかなるので」

おまさが笑みを浮かべた。

「おるみちゃんと一緒に奥にいててください」

おそのも言う。

二

「まあ、体と相談しながら、追い追いに」

赤子を抱いたおはるが答えた。

優之進は惣菜づくりに精を出していた。

大鉢が一つずつ仕上がっていく。

まずは卯の花の炒り煮だ。

平たい鍋で人参、牛蒡、椎茸、分葱（わけぎ）といった野菜を炒め、おからを加えて炒り煮にする。

「食べる前に少しだけ酢をたらすと、こたえられない酒の肴になりますので」

優之進が教えた。

「そりゃあいいことを聞いた」

「さっそく亭主に教えてみます」

「少し多めにいただこうかしら」

器を手にした女房衆が言った。

続いて、ひじきの五目煮が出た。高野豆腐も山盛りだ。雷蒟蒻に小松菜の胡麻和え。一枚板の席の前にたちまち大鉢が並んだ。

ほかの女房衆も来た。べつの長屋から足を運んでくれる客もいるからにぎやかだ。

惣菜が目当てだが、赤子も大人気だった。

おはると優之進に断ってから、代わるがわるに抱っこしてあやす。

「いい子ね、おるみちゃん」

「ゆくゆくは晴やの看板娘ね」

「おかみさんに目もとがそっくりだから」

女房衆が口々に言う。

「あっ、こっちも忘れないでって、黒兵衛が」

おまさがおかしそうに黒猫を指さした。

人懐っこい猫がごろんと転がっておなかを見せている。

「なでておもらい、看板猫さん」

おはるが声をかけた。

「はいはい、ただいま」

「いくらでもなでますよ」

女房衆が近寄っておなかをなでる。

黒兵衛は目を細め、気持ちよさそうにのどを鳴らしだした。

三

二幕目に入ってほどなく、吉塚左門が喜谷新右衛門と狩野小幽とともに訪れた。

座敷に陣取って呑む前に、まずは赤子の顔を見る。

「祝いに實母散を持ってまいりましたので」

新右衛門が小ぶりの包みを軽くかざした。

「それはそれは、ありがたく存じます」

おるみを抱いたおはるが頭を下げた。

「産後にもいい薬だからな」

左門が笑みを浮かべた。

「顔色がよろしいですね」

総髪の絵師が言った。

「おかげさまで。だいぶ動けるようになりました」

おはるのほおにえくぼが浮かぶ。

「小幽さんが、あとで親子の似面をと」

左門が絵師を手で示した。

「少し呑んでから、描かせていただきますよ」

噺家めいた風貌の男が筆を動かすしぐさをした。

「それはいい記念になりますね」

優之進が厨から言った。

「どうぞよろしゅうに」

おはるがまた頭を下げた。

座敷に移り、酒になった。

優之進がまず出したのは、しめ鯖だった。秋刀魚もさることながら、秋鯖も脂が乗ってことのほかうまい。

「ちょうどいい塩梅だな」

食すなり、左門が満足げに言った。

たっぷりの塩をしてしばらく置き、拭ってから今度はかぶるくらいの酢につける。この味があるから、とくにつけ醤油などはいらない。

鯖の小骨を取って、薄皮を剝く。それから真ん中に深い切り目を入れた一寸(約三センチ)幅の八重づくりにし、針生姜や大根おろしなどのあしらいを添えれば出来上がりだ。

「これは舌が喜びます」

喜谷家の隠居がそう言って、左門に酒をついだ。

「では、酔っぱらう前に支度を」

小幽が似面の支度を始めた。

ここで優之進が次の肴を運んできた。

「そうそう、明日晴れていたら、志津が顔を出すそうだ」

左門が伝えた。

「母上が?」

優之進は短く訊いて、牡蠣の時雨煮の鉢を置いた。

「孫の顔を見たいのだそうだ。京橋にも寄るそうだから、長居はせぬと思うが」

と、左門。

「承知しました」

優之進は表情をやわらげた。

「牡蠣を一ついただいてから」

小幽が箸を伸ばした。

大根おろしでもみ洗いをしてから湯をかけて霜降りにした牡蠣の身を、せん切りにした生姜を加えた煮汁で煮詰める。あまり煮すぎると身が縮んでしまうため、手際よくつくらねばならない。

「これは酒がすすみますな」

新右衛門が笑みを浮かべた。

「まことに、酒の肴にはもってこいで」

牡蠣の時雨煮を味わった絵師は一つうなずいた。

ややあって支度が調い、絵師は奥で筆を動かしだした。

眠っていたおるみは途中で目を覚ました。

しかし、勝手が違うのか、いきなり火がついたように泣きだした。

「はいはい、似面を描いていただいてるからね。いい子いい子」

おはるがあやす。

「泣きやまなかったら、笑顔の似面をつくって描きますので」

町狩野の絵師が筆を動かしながら言った。

まずはおはるを描き、おるみの輪郭だけを添える。似面の名手だけあって、目が覚めるような筆さばきだ。

結局、おるみは泣きやみそうになかった。

「では、奥の手を出しましょう」

小幽は細い筆を走らせた。

たちまち笑顔の赤子が現れる。

「はい、できました」

絵師はおはるに似面を見せた。

「わあ、かわいい」

おはるが声をあげた。

座敷から左門と新右衛門、それに優之進も似面を見にきた。

「さすがの腕だね」

左門が言う。

「お母さんによく似てますな」

新右衛門が感慨深げに言った。

「いいものを描いていただきまして」

優之進が絵師に向かって頭を下げた。

「いえいえ、不調法で」

小幽が礼を返した。

四

翌日の中食の顔は秋刀魚の蒲焼きだった。

同じ秋刀魚でも、昨日は塩焼きだったから目先を変えてみた。これに里芋の煮っころがしと根深汁(ねぶかじる)、大根菜の胡麻和えの小鉢と香の物がつく。

「また来ちまったぜ」

「晴やで食ったら力が出るからな」

河岸で働く気のいい男たちが言った。

「おかみはそろそろ見世に出てこないのかい」

べつの客がたずねた。

「もう少しのようです」

おまさが笑顔で答えた。

「そのうち、勘定場に座りますので」

奥からおはるが精一杯の声で告げた。

「おっ、声に張りがあるな」

「その調子なら大丈夫だ」

河岸の男たちが笑顔で言った。

「秋刀魚うまし塩焼きもよし蒲焼きもよし……字余り」

講釈師の大丈がいつもの戯れ言を飛ばす。

「あと三人さまです」

「お急ぎくださーい」

おそのとおたきが表に出て客に声をかけた。

「おお、間に合ったぜ」

「危ねえところだった」

ぎりぎりで来た客が足を速めた。

そんな調子で中食が滞りなく売り切れ、女房衆の惣菜の波も引いて二幕目に入った。

桐板づくりの職人衆が早めにのれんをくぐり、座敷に陣取った。今日はつとめにひと区切りついたらしい。

秋刀魚の蒲焼きを肴に呑みだした頃合いに、昨日、左門から聞いたとおり、志津がのれんをくぐってきた。

「あっ、母上」

優之進が気づいて声をあげた。

「孫の顔を見にきましたよ」

志津が笑みを浮かべた。

「どうぞ、抱っこしてやってくださいまし、お義母(かあ)さま」

おはるが奥から言った。

「何か召し上がりますか」

優之進が声をかけた。

「これから京橋の袋物屋へ行くので、お茶を一杯だけで」

志津は答えた。

「承知しました」

優之進は笑みを浮かべた。

「さっきまで泣いてたんですけど」

おはるはそう言って志津におるみを渡した。

「ばあば、よ。よろしゅうにね」

孫をその手に抱いた志津が言った。

おるみはきょとんとしている。

「えらいわね。泣かないわね」

志津の目尻にいくつもしわが浮かんだ。

「お孫さんですかい」

親方の辰三が声をかけた。

「ええ。ここのあるじの母です」

おるみを抱っこしたまま、志津が答えた。

「そうですかい。いつもうめえもんを食わせてもらってまさ」

「晴やは居心地がいいもんで」

「家みてえなもんでさ」

桐板づくりの職人衆が口々に言った。

「さようですか。ありがたく存じます」

志津が頭を下げた。

その拍子に、おるみがやにわに泣きだした。

「あらあら」

志津が困ったような顔つきになった。

「はいはい。戻っておいで」

おはるが歩み寄り、再びわが子を胸に抱いた。

「やっぱりお母さんがいちばんね」

志津が笑みを浮かべる。

ここで優之進が茶を出した。

吉塚家に仕える小者が志津に随行していたが、遠慮して表で待っていた。志津が優之進に声をかけ、従者にも茶を出した。昔気質（かたぎ）の小者はずいぶん恐縮しながらのどをうるおしていた。

「なら、いずれお料理もいただきに来るから」

志津が優之進に言った。

「お待ちしています、母上」

優之進は白い歯を見せた。

「またお越しください」

おるみをあやしながら、おはるが言った。

「ええ。無理しないで、達者でね。おるみちゃんも」

志津が声をかけた。

「はい、ありがたく存じます」

おはるは笑顔で答えた。

五

千客万来のうちに二幕目が終わり、晴やののれんがしまわれた。

「お疲れだったな」

優之進が声をかけた。

「わたしは奥から声を出してただけだから」

おはるが答える。

おるみはおくるみの中で寝息を立てていた。いくらか離れたところで、黒兵衛が寝そべっている。まるで赤子の番をしているかのようだ。

「いや、肚から声を出すだけで存外に疲れるから」

と、優之進。

「たしかに、声もちょっと嗄れたかも」

おはるはのどに手をやった。

「秋刀魚の蒲焼きがあと少しできる。まかないに茶漬けはどうだ？」

優之進が水を向けた。

「ええ。それならいただくわ」

おはるはすぐさま答えた。

「よし、分かった」

優之進はさっそく手を動かしだした。

外から売り声が響いてきた。

えー、大福餅……

大福餅はあったかい……

風が冷たくなってくると江戸の町に出る大福餅売りだ。

「もうそんな時季なのね」

おはるが少し驚いたように言った。

「ちょっと前までは冷やし水売りだったんだがな」

蒲焼きをつくりながら、優之進が言った。

「これからは、海のものも山のものもおいしくなるわね」

と、おはる。

「そうだな。中食には海山の幸、そのうち、紅葉見物の弁当などの注文も入るだろう。忙しくなるぞ」

優之進は笑みを浮かべた。

秋刀魚の蒲焼きが焼きあがり、茶漬けの支度が調った。

「お待たせいたしました、女房どの」

優之進が盆を運ぶ。

「ありがたく存じます、旦那さま」

おはるが頭を下げた。

おるみはまだ眠っている。いつ起きてぐずるか分からないから、さっそく箸を取った。

「焼きたての蒲焼きのお茶漬けって贅沢ね。……おいしい」

おはるは声をあげた。

「身の養いにもなるからな」

優之進が白い歯を見せる。

「もう動けるから、お運びはともかく、明日から勘定場に座ろうかと」

おはるはそう言うと、秋刀魚の蒲焼きを口中に投じ入れた。

「あんまり無理するな」

と、優之進。

おはるはこくりとうなずいた。

「まあ、おるみがぐずったら代わってもらえばいいわけだし」

優之進はあごに手をやった。

「お客さまと面と向かってお話をしたいので」

おはるが言った。

「なら、明日から勘定場を頼む。つらかったらまた戻ればいいから」

優之進はあごから手を離した。

「じゃあ、精をつけて、気張ってやるので」

おはるはそう答えると、残りの茶漬けを胃の腑に落とした。

第十章　海山の幸膳

一

翌日――。
晴やの前にこんな貼り紙が出た。

けふの中食
海山の幸膳、あるひは、さばづくし膳
三十食かぎり　三十文
けふより、おかみが勘定場にもどります

よろしうお願ひいたします

晴や

「おっ、おかみが戻るらしいぜ」

鯨組の棟梁の梅太郎が貼り紙を指さした。

「ちょうどいいですね、棟梁」

「おかみを食うわけじゃねえけどな」

「おかみを食ってどうするよ」

大工衆がさえずる。

「鯖づくしか。それで海山の幸膳ってのは謎かけだな。鯖は山じゃ獲れねえからよ」

棟梁が首をかしげる。

「食ってみりゃ分かりますよ、棟梁」

「そうだな。よし、座敷に上がるか」

「へい」

瑠璃色の半纏をまとった大工衆は、つれだって晴やののれんをくぐった。

「いらっしゃいまし」

おはるが勘定場からさっそく声をかけた。

「おう。本復したかい、おかみ」

「顔色がいいじゃねえか」

「ややこも達者そうで」

大工衆の一人がおくるみを指さした。

「ありがたく存じます。お座敷へどうぞ」

おはるは身ぶりをまじえた。

大工衆に続いて、ほかの客も次々に入ってきた。おまさ、おその、おたき、三人の女房衆が膳を運び、表で呼び込みをする。晴やは活気に満ちた。

「なるほど、たしかに鯖づくしで海山の幸膳だな」

棟梁の梅太郎が得心のいった顔つきで言った。

「鯖と椎茸を代わるがわるにはさんで焼いてるんですな」

「芸が細けえぜ」

大工衆が言う。

膳の顔は、鯖と椎茸のはさみ焼きだった。

鯖と椎茸を互い違いに置き、金串に通して焼く。椎茸は軸を落として、だしと醬油で煮て冷ましておく。

その煮汁をかけながら焼くのが骨法だ。これでいちだんと味が深くなる。

「ああ、うめえ」

「おいら、鯖の脂っぽいとこはあんまり得手じゃなかったんだけどよ。こりゃさっぱりしてていいや」

「椎茸と食べ比べたら、ちょうどいい塩梅で」

大工衆が口々に言った。

半纏の背の鯨たちも満足げに見える。

「船場汁もうめえぜ」

「こっちも鯖づくしで畑のものも入ってら」

土間の花茣蓙に陣取った左官衆が言った。

細かな模様などは入っていないが、何がなしに紅葉を彷彿させる秋らしい花茣蓙だ。

鯖づくし膳には、鯖と椎茸のはさみ焼きとしめ鯖に加えて、船場汁と小鉢がついていた。

大坂の船場で古くから好まれていたため、その名がついた。塩鯖のあらでだしを取り、大根を具にした質素な汁で、何も無駄にしないという倹約の心が表れている。つくるのに時もかからないから、忙しい商家で重宝された。

大根ばかりでなく、人参も短冊切りにして入れ、最後に白髪葱を載せる。これで海山の幸膳にふさわしいひと品になる。

「深え味だな、この汁は」

「よそとはひと味違うぜ」

大工衆がうなる。

鯖のあらから引き出すのは、あくまでもうま味だけだ。いくら味が濃くても、魚臭さを出してしまったら元も子もない。そこで、まず多めの塩を振り、さらに霜降りにする。じっくり煮て取っただしをこしてやるのも勘どころだ。これで澄んだだしになる。最後に、塩と薄口醬油で味を調える。料理人の舌の出番だ。

こうして手間をかけた船場汁は大の人気だった。

「ああ、うまかったぜ」

「また頼むよ」

先に膳を平らげた鯨組の大工衆が満足げに言った。

「ありがたく存じます」

おはるがおくるみを抱いたまま頭を下げた。

「おう、また来るぜ、ちっちゃい看板娘」

棟梁が声をかけて勘定を済ませた。

「お待ちしております」

おはるが笑顔で答えた。

二

晴やの中食は好評のうちに売り切れた。

おるみが途中で泣きだしたので女房衆に代わってもらい、奥でお乳をあげてあやした。客とのやり取りもあるから大変だったが、とにもかくにも無事にこなすことができた。

「これなら大丈夫だな」

後片付けをしながら、優之進が言った。

「ええ、なんとか」

おはるはほっとした顔つきで答えた。

惣菜の支度も調った。

いつもの卯の花や高野豆腐や金平牛蒡に加えて、三河島菜の胡麻和えとひじきの五目煮を出した。五目煮には大豆、油揚げ、人参、蓮根（れんこん）が入る。

中食の手伝いの三人はもとより、ほかの女房衆もやってきてにぎやかになった。

優之進はさらに秋刀魚の蒲焼きもつくった。二幕目の肴にも出せるが、持ち帰りの惣菜にもなる。

匂いに誘われて、錺職の平太も顔を出した。

「じっとしてられなくてよ」

平太が笑みを浮かべた。

「どうぞお持ち帰りくださいまし」

おはるが笑顔で言う。

「飯はあるから、蒲焼きをのっけて食うぜ」

気のいい職人が言った。

「なら、いただいて帰ります」

「また明日」

「お惣菜が楽しみで」

手伝いの女房衆が言った。

「ありがたく存じました」

おはるが明るい声で答える。

「また明日もよろしゅうに」

優之進が厨から声をかけた。

こうして波が引いてほどなく、家主の杉造が姿を現した。

「勘定場はどうだった？」

人情家主がおはるにたずねた。

「初日で疲れましたけど、みなさん良くしてくださるので」

おるみを抱っこしたおはるが答えた。

「機嫌よくしてたかい」

赤子を指さして問う。

「いくたびか泣きました。お乳もおしめもあるので」

と、おはる。

「そりゃ、赤子は泣くのがつとめみたいなものだからね」

杉造が笑みを浮かべた。

それを聞いていたかのように、おるみがまたやにわに泣きだした。

「またおつとめが」

おはるのほおにえくぼが浮かぶ。

「元気で何よりだよ」

人情家主が笑顔で答えた。

三

二幕目に入ってほどなく、廻り方同心の吉塚猛兵衛が急ぎ足で入ってきた。

「茶と、いくらか腹にたまるものをくんな」

猛兵衛が軽く身ぶりをまじえた。

「秋刀魚の蒲焼きがありますよ。丼でもお茶漬けでも」

おはるが答えた。

「なら、さらっと茶漬けで」

猛兵衛はすぐさま答えた。

「里芋の揚げ出しをつくりかけたところで。そろそろお客さんが見えるかと思って」

優之進が厨から言った。

「そりゃちょうどいいや。大した客じゃねえけどよ」

廻り方同心が白い歯を見せた。

「なら、これから仕上げましょう」

優之進は二の腕をぽんとたたいた。

「おう、頼む。提灯屋をのぞいてきたが、せがれは気張ってやってたぜ」

猛兵衛が伝えた。

「まあ、それは何より」

おはるの表情がぱっと晴れた。

「心を入れ替えて、精を出してるんですね」

手を動かしながら、優之進が言った。

「おやじも『これなら』と太鼓判だった。寅平の手を見せてもらったが、気張ってやってることがよく分かったぜ」

猛兵衛が満足げにうなずいた。

それを聞いて、おはるはほっとする思いだった。

晴やが縁になって立ち直ってくれたのなら、こんなに嬉しいことはない。

ほどなく、まず茶漬けができた。

秋刀魚の蒲焼きをほかほかの飯に載せ、煎茶を注いでおろし山葵と切り海苔を添える。

「こりゃうめえや」

さっそくかきこんだ猛兵衛が相好を崩した。

ややあって、里芋の揚げ出しが仕上がった。

醬油と味醂に昆布と鰹節を入れてひと煮立ちしてからこし、天つゆをつくっておく。里芋をゆでて皮をむいたら、軽く握ってつぶし、片栗粉をまぶしておく。

平たい鍋で油を熱し、里芋をこんがりと揚げる。火が通ったら器に盛り、天つゆを張って大根おろしを添えれば出来上がりだ。

「うん、ほくほくでうめえ」

猛兵衛の顔がまたほころんだ。

「外はさくさくで、中はねっとりでしょう？」

優之進が自信ありげに言った。

「おう、さすがの仕上がりだな。寄ってよかったぜ」

廻り方同心はそう言うと、残りの里芋を胃の腑に落とした。

四

二幕目には新たな客が来てくれた。

もっとも、一人でのれんをくぐってきたのではなかった。新顔の男は、常連の二人の隠居とともに姿を現した。書物問屋の山城屋佐兵衛と地本問屋の相模屋七之助だ。佐兵衛にはいつものように手代の竹松も付き従っている。

「こちらは俳諧師の海山万歩(みやまんぽ)先生だ。晴やの話をしたら、ぜひ行ってみたいということでね」

佐兵衛がよく日に焼けた男を紹介した。

「海と山を万歩くと書いて、海山万歩です。こちらでは海山の幸をいただけるとうかがったもので、楽しみにしてまいりました」

俳諧師はよどみなく言った。

二人の隠居よりはだいぶ若く、四十代に差しかかったあたりだろうか。しかつめらしい宗匠帽などはかぶっていないから、紹介されなければ俳諧師とは分からない。

「それはそれは、ようこそお越しくださいました」

おはるが笑顔で出迎えた。

「気張ってつくらせていただきますので」

優之進も厨から言った。

客は座敷に陣取った。手代の竹松だけは心得ていくらか離れる。

「海山先生は旅の案内なども執筆されていて、日の本じゅうを歩き回られているんですよ。手前どもの上得意で」

相模屋の七之助が言った。

「とにかく健脚だから」

佐兵衛が笑みを浮かべた。

「書物の取材に加えて、ほうぼうの句会。呼ばれたところには顔を出すようにしておりますので」

俳諧師の日焼けした顔に笑みが浮かんだ。

ここで料理が出た。

まずは秋の味覚の大関とも言うべき松茸だ。奇をてらわず、素朴に焼いて酢醤油を添える。これで存分にうまい。

「これはまさに口福の味だね」

佐兵衛が食すなり言った。

「丹波の松茸にも引けを取りませんね。おいしいです」

諸国を歩いている海山万歩が満足げに言った。

「先生は諸国の名産と料理におくわしいので」

七之助が言う。

「諸国の料理を教えてもらうといいよ」

佐兵衛が温顔で言った。

「それはぜひ、よろしくお願いいたします」

優之進はていねいに一礼した。

「お役に立つかどうか分かりませんが、知るかぎりのことはお教えしますので。……ああ、この付け合わせの長芋もおいしいですねえ」

海山万歩がうなった。

「ありがたく存じます。お次は海のものを」

優之進は次の肴を出した。

牡蠣の葱味噌煮だ。

牡蠣のむき身を大根おろしでもみ洗いし、湯をかけて霜降りにしてやる。

葱味噌をつくり、鍋に入れて火にかけ、牡蠣をさっと煮る。煮すぎると牡蠣の身が縮んでしまうから加減が大事だ。

これを盛り付け、白髪葱を天盛りにすれば出来上がりだ。

「酒の肴にもいいが、飯にも合いそうだね」

佐兵衛が笑みを浮かべた。

「お付きさんが食べたそうですよ」

七之助が手代のほうを手で示した。

「顔に出てるな。食べるか？」

佐兵衛が竹松に問うた。

「頂戴できればありがたいです」

手代がいい声で答えたから、晴やの座敷に和気が満ちた。

「いまお持ちしますので」

おはるが答えたとき、おくるみで寝ていたおるみが泣きだした。

「おれがやるから、赤子を」

優之進がすぐさま言った。

「はい。……よしよし、いい子ね」

おはるはおるみを抱っこして奥へ下がった。

「お待たせしました」

ほどなく、優之進が飯を運んでいった。

「赤子がいると、見世が華やぎますね」

海山万歩が言った。

「もういまから看板娘だよ」

佐兵衛が笑みを浮かべた。

「いただきます」

手代が待ちかねたように箸を動かす。

牡蠣の葱味噌煮を載せた飯を口中に投じると、竹松の顔がたちまちほころんだ。

「……おいしいです！」

胃の腑に落としてから、山城屋の手代が元気よく言ったから、晴やに笑いがわいた。

五

翌日――。

新顔ではないが、新たな注文が入った。

注文の主は、不二道場の剣士たちだ。

稽古帰りの二幕目に立ち寄り、一献傾けているうち、道場主の境川不二がふと思いついたように言った。

「明日も晴れそうだし、久々に野稽古はどうだ」

門人たちに向かって言う。

「よろしゅうございますね」

「弁当と茶を持参でまいりましょう」

門人たちが乗り気で答えた。

「お弁当でしたら、うちでおつくりできますので」

ちらりと厨のほうを見てから、おはるが言った。

いるのは奥の部屋だ。大きめに替えたおくるみの中でおるみが寝息を立てている。その脇では、まるで乳母のように黒兵衛が添い寝をしていた。雄だが情の濃い猫だ。

「いつごろおいでになりますか」

優之進がたずねた。

「野稽古は飛鳥山（あすかやま）あたりがよかろう。となれば、朝のうちにもらいたいところだな」

道場主が答えた。

「承知しました。では、巳（み）の刻（午前十一時）を過ぎないように」

優之進は段取りを進めた。

「中食もあるのにすまぬな」

境川不二が気づかった。

「いえいえ、弁当箱は多めに用意してありますので」

優之進が笑みを浮かべた。

「さりながら、もし雨が降ったらどうします、先生」

門人の一人がたずねた。

「そのときは道場に持ち帰って稽古のあとに食えばいい。無駄にはならぬ」

道場主がすぐさま答えた。

「なるほど、それもそうですな」

「外で食いたいのはやまやまですが」

門人たちが言ったとき、桐板づくりの職人衆が入ってきた。

「失礼しまさ。つとめにきりがついたんで」

親方の辰三が、不二道場の面々に断ってから一枚板の席に座った。

弟子たちも続く。

「おう。われらは明日、弁当を頼んで野稽古だ」

道場主が歯切れよく言った。

「よろしゅうございますね、外で弁当」

辰三がすぐさま答える。

「うちらも行きましょうや、親方」

「そうそう、紅葉見物か何かで」

弟子たちがあおる。

「そうだな。名所の御殿山(ごてんやま)あたりまで足を延ばして」

辰三が乗り気で答えた。

「いくらでもおつくりしますよ」

優之進が笑みを浮かべた。

「晴やにお任せくださいまし」

おはるが軽く二の腕をたたいてみせた。

六

翌日は大忙しだった。

弁当と中食、二つの支度がある。

野稽古に行く不二道場の面々は総勢六人だった。剣士たちはよく食うから、腹にたまるものでなければならない。

大徳利（おおどつくり）は茶と酒の二種を用意した。稽古中は茶で、打ち上げが酒だ。

弁当箱は二段重ねのものを使うことにした。これならたんと入る。

下の段は鰻重だ。

鰻にたれをかけながら焼くいい匂いが漂う。

上の段は松茸飯だ。

松茸をふんだんに入れ、名脇役の油揚げを加えて炊く。いくらかお焦げができたら出来上がりだ。

飯ばかりでは華がないから、上の段には瓢型（ひさごがた）のだし巻き玉子を入れた。彩りと箸休めに、大根菜の胡麻和えも添えた。これで弁当がぐっと締まった。

「これでよし、と」

弁当箱を重ねた優之進が言った。

「包んでいいかしら」

おはるが問うた。

「ああ、頼む」

優之進が身ぶりをまじえた。

晴、と染め抜かれた、のれんと同じ明るい柑子色の風呂敷で包む。

「わあ、結構重い」

提げてみたおはるが言った。

「道場のみなさんは力持ちだから」

優之進は笑みを浮かべた。

支度はほどなく整った。

次は中食の支度だ。

茸の炊き込みご飯はふんだんにつくった。松茸、舞茸、占地、今日はその三種を使った。茸は三種を使うと、互いの味が引き出されてことのほかうまくなる。

これに名脇役の油揚げを加える。存分に味を吸った油揚げは炊き込みご飯には欠かせない。

釜からぷちぷちという音が響いてきたら、お焦げができている証だ。ほどよくできたお焦げはことに香ばしくてうまい。

鰻も多めに仕入れたから、膳の顔は蒲焼きにした。これに肝吸いと大根菜の胡麻和えと香の物がつく。

支度をしているうちに、表からにぎやかな声が響いてきた。

不二道場の剣士たちだ。

「いらっしゃいまし。支度はできております」

おはるが明るく出迎えた。

「おう、手回しがいいな」

境川不二が笑みを浮かべた。

「晴れて良うございましたね」

と、おはる。

「はは、日ごろの心がけだ」

道場主の顔がほころんだ。

「食べでがある弁当をつくらせていただきましたので」

優之進が包みのほうを手で示した。

「おう、これはずっしりと重いな」

提げてみた境川不二が言った。

「運ぶだけで鍛錬になります」

門人の一人が言う。

「野稽古で腹を減らしておかねば」

「気の入った稽古ができます」

ほかの門人も言う。

「では、さっそく向かうか」

道場主が言った。

「はい」

「承知で」

門人たちが包みと徳利に手を伸ばした。

「お気をつけて」

「行ってらっしゃいまし」

晴やの夫婦の声がそろった。

七

中食が始まった。

おるみがぐずっていなかったので、おはるはおくるみに入れて一緒に勘定場に座った。

おまさ、おその、おたき。運び役と案内役は今日も三人いるから心強い。

「いらっしゃいまし……あっ、家主さん」

おはるが声をあげた。

姿を現したのは、人情家主の杉造だった。

「たまには中食もと思ってね」

杉造が白い歯を見せた。

「今日は海山の幸じゃなくて、川山の幸で」

おはるが笑みを返す。

「鰻と茸だね。楽しみだ」

家主はそう言うと、一枚板の席の端に腰を下ろした。

ほどなく、河岸で働く男たちがにぎやかに入ってきて座敷に陣取った。植木の職人衆と講釈師の大丈も来た。晴やは活気に満ちた。

「茸飯だけでも満足なのに、鰻の蒲焼きと肝吸いまでつくのかよ」

「今日は豪勢だな」

「どっちもうめえや」

客の顔がほころぶ。

そのうち、おるみが泣きだした。

「わたし、代わります」

膳を運び終えたおたきがさっと手を挙げた。

「お願いします」

おはるは抱っこして立ち上がった。

「おう、元気な泣き声だな」

「達者の証だ」

河岸で働く男たちが言った。

「はいはい、いい子ね」

おはるは奥の部屋へ向かった。

お乳をあげて、泣きやむのを待つ。できることはそれしかない。

「おう、うまかったぜ、おかみ」

「ことに鰻がうまかった」

「また来るぞ」

植木の職人衆の声が響いてきた。

「毎度ありがたく存じます」

おはるは精一杯の声で答えた。

「鰻うまし肝吸いうまし茸飯も……やや字余り」

大丈がいつもの調子で一句放つ。

客の波がだいぶ引いてきたところで、やっとおるみが泣きやんだ。

勘定場に戻ると、猫好きのおたきのひざに黒兵衛が乗っていた。

「おっ、さすがは看板猫だな」

「人懐っこい猫だぜ」

河岸で働く男たちが日焼けした顔をほころばせる。

「はい、いい子ね」

おたきが首筋をなでてやると、黒兵衛は気持ちよさそうにのどを鳴らした。

「泣きやんだので代わります」

おはるが声をかけた。

「なら、お願いします。……はいはい、おつとめはお終い（しま）よ」

おたきはそう言って黒兵衛を土間に放した。

「えらいね」

猫に声をかけてから、おはるは再びおるみを抱いて勘定場に座った。

「じっくり味わわせてもらったよ。うまかった」

家主の杉造が満足げに言った。

「ありがたく存じます。またお越しください」

おはるが笑顔で答えた。

「この先は、お宮参りとかお食い初めとか、いろいろ楽しみがあるね」

家主が温顔で言う。

「ええ。一つずつやっていかないと」

と、おはる。

「まずはお宮参りからですね」

優之進が厨から言った。

「そうだね。べつに近場の社（やしろ）でもいいわけだから」

杉造が答えた。

「そのうち、一日休みにして出かけるつもりです」

優之進が言った。

「お天気の日にね」

おはるのほおにえくぼが浮かんだ。

「そうだな。楽しみだ」

優之進は笑みを返した。

終章　茸（きのこ）うどん膳

一

いくらか経った二幕目――。

吉塚左門と實母散の喜谷新右衛門がともにのれんをくぐってきた。

「これから拙宅（せったく）で碁を」

新右衛門が笑みを浮かべた。

「その前に、孫の顔を見がてら、軽く一杯と思ってな」

左門がそう言って一枚板の席に腰を下ろした。

「ちょうどいま目を覚ましたところで。……はい、じいじに抱っこしてもらおうね」

おはるがおくるみを運んできた。

「おう、大きくなったな」

左門が笑顔で受け取る。

「ひと回り大きなおくるみに替えたところで」

優之進が厨から言った。

「よしよし、いい子だ」

おくるみを抱いた左門が顔をほころばせる。

喜谷新右衛門が言った。

「好々爺ですな」

「そりゃあ、孫ほどかわいいものはないからね」

左門が答えた。

ややあって、酒と肴が出た。

肴はかき鯛だ。

出刃包丁の刃先で鯛の身をこそげ取った刺身で、身を重ねて盛り付ける。

ここに煎り酒をかけ、溶き辛子を添える。

酒に梅干しを入れて煮詰め、冷めてからこして使うのが煎り酒だ。昔から用いられていた調味料で、ことにかき鯛には合う。

「これは小粋な肴で」

新右衛門が満足げに言った。

「うん、分厚い刺身もいいが、これはこれでうまいな」

左門もうなずく。

「身の具合はいかがですか、おかみ」

新右衛門が問うた。

「實母散のおかげで、いたって順調です」

おはるが笑顔で答えた。

「はは、その調子なら大丈夫ですな」

喜谷家の隠居が白い歯を見せた。

「一杯入ると、かえって手が見えていいんだ」

猪口の酒を呑み干した左門が言った。

「呑みすぎると駄目でしょう」

と、優之進。

「そりゃあまあ、ほどほどにしないとな」

左門は笑って答えた。

ここで表で足音が響いた。

「おお、こりゃ格さん」

左門が声をあげた。

晴やに姿を現したのは、隠密廻り同心の十文字格太郎だった。

二

椀の支度を始めたところだったから、格太郎にも供することにした。

中身は「玉子のふわふわ」だ。

そういう料理の名で、指南書にも載っている。

すまし汁くらいの濃さのだしを用意する。あつあつのだしによくかきまぜた溶き玉子を加えると、ふんわりとした仕上がりになる。

これを椀に盛り、胡椒を振って食す。簡便な料理だが、一度食べたら忘れられない味だ。

「身も心もほっこりだね」

格太郎が笑みを浮かべた。

「玉子粥もいいけれど、これもいい」

左門も満足げだ。

「薬屋が言うのも何ですが、これは薬いらずです」

新右衛門がそう言ったから、晴やに和気が漂った。

それからお宮参りの話題になった。

日和（ひより）のいい日を選んで行きたいと優之進が言うと、隠密廻り同心から耳寄りな話があった。

よく当たるという評判の浅草寺（せんそうじ）の易者によれば、これから三日間はいい天気が続くらしい。廻り仕事の途中で小耳にはさんだようだ。

「なら、あさってにでも」

おはるが優之進に言った。

「そうだな。明日貼り紙を出して、あさっては休みにしよう」

晴やのあるじが答えた。

「立ち寄った甲斐があったな」

格太郎はそう言うと、玉子のふわふわの残りを胃の腑に落とした。

それからすっと腰を上げる。

「またおつとめで？」

娘のおはるがたずねた。

「油を売ってばかりいられないからな」

隠密廻り同心が答えた。

「なら、われわれもこの辺で」

続いて、左門も立ち上がった。

「晴やさんとは比ぶべくもありませんが、拙宅でも酒肴(しゅこう)はお出ししますので」

實母散の喜谷家の隠居が笑みを浮かべた。

「なら、呑みながら一局」

楽隠居の左門が碁石を打つしぐさをした。

そんな調子で、三人は機嫌よく晴やから出ていった。

三

翌日――。
晴やの前にこんな貼り紙が出た。

けふの中食
朝どれ刺身膳
きのこめし　けんちん汁　小ばち
三十食かぎり　三十文
あすはお宮まゐりのため　おやすみいただきます
晴や

「おう、お宮参りかい」

「うちも行ったな」

「そりゃ、休みでもしょうがねえや」

どやどやとのれんをくぐってきた鯨組の大工衆が言った。

「お宮参りはどこへ行くんだい」

「遠くまで出かけるのか?」

一緒に入ってきた左官衆が訊いた。

「いえ、わりかた近い伊雑(いそべ)太神宮で」

優之進が厨から答えた。

「ああ、なら楽でいいや」

「近くに茶見世もあるからよ」

「そりゃ楽しみだ」

左官衆が口々に言った。

中食の膳の評判は上々だった。

「どれもこれも具だくさんだな」

「刺身には烏賊も秋刀魚も入ってるしよう」

「けんちん汁がずっしりと重いや」

大工の一人が椀を持ち上げてみせた。

「茸飯には松茸まで入ってるぞ」

「香りが違うぜ」

「これで三十文なら悪いくらいだな」

客はみな笑顔だった。

「ありがたく存じました」

おるみを抱っこしたおはるが勘定場から客に声をかける。

「おう、楽しんできな、お宮参り」

「いい顔してるぜ」

いち早く食べ終えた大工衆が白い歯を見せた。

四

浅草寺の易者の見立ては正しかった。

翌日はいい天気になった。

晴やの二人はおるみをつれてお宮参りに出かけた。赤子を入れたおくるみを優之進が運ぶ。途中でぐずったらおはるに渡し、泣きやんだらまた優之進が運ぶという段取りだ。

もっとも、目指す伊雑太神宮は大鋸町の晴やからさほど離れてはいない。楓川を渡ればすぐそこだ。

越中橋を渡ったほうが近いが、伊勢桑名藩の上屋敷の前に出て、物々しい辻番もある。ここは避けて、松屋町のほうから回ることにした。

「あっ、茶見世は開いてるわね」

おはるが指さした。

「そうだな。お宮参りが済んだら寄って帰ろう」

おくるみを抱いた優之進が言った。

「ええ。ここはお団子がおいしいから」

おはるが笑顔で答えた。

ほどなく神社に着いた。名は太神宮だが、いたって小体な構えだ。

伊雑太神宮は志摩国の一宮、伊雑宮を勧請した神社だ。皇大神宮の別社の一つで、磯部にあることから伊雑太神宮と呼ばれるようになった。

稲荷を除けば晴やにとっては最寄りの神社だし、由緒は申し分がない。おるみを抱いて遠出はできないから、お宮参りにはここを選んだ。

信仰を集めている神社だけあって、参拝には少し列ができていた。

前に並んでいたのは子をつれた女房だ。

「あら、かわいい」

ふと振り向いた女房が、おくるみに入っているおるみを見て思わず言った。

「今日はお宮参りで」

おはるが笑顔で答えた。

「うちの子は七つになったので、ほうぼうにお参りしてるんです」

女房がつれていたのは男の子だった。

引っ込み思案なのか、母の陰に隠れる。

「それはひと安心ですね」

おくるみを抱いた優之進が言った。

「ええ。でも、まだ何があるか分からないので、とにかく神さまにお願いを」

女房は両手を合わせた。

おはるは思った。


そう、何があるか分からない。

晴美もそうだった。

とにもかくにも、神信心を含めて、できることはしておかなければ。


晴やの二人の番になった。

「よし、戻すぞ」

おくるみが優之進からおはるの手に渡った。

「はい」

おはるが受け取る。

心なしか、いつもより重く感じられた。
優之進が柏手を二度打つ。
おはるも心の中で高く手を打った。
続いて、祈る。

どうかこの子が無事に育ってくれますように。
病に罹りませんように。
もし罹っても治りますように。
晴美の分まで長生きして、幸せになってくれますように……。
おはるの祈りは長かった。
心の底からの願いごとだった。

五

お宮参りを終えて茶見世に向かうあいだにおるみが泣きだした。

「お乳かい。もうちょっと待ってね」

おはるが声をかける。

茶見世の長床几はあいにく埋まっていたが、赤子の泣き声に気づいた先客が譲ってくれた。二人の隠居とおぼしい男だ。

「相済みません」

優之進が頭を下げた。

「助かりました」

おはるがそう言って腰を下ろした。

「なに、いま出るところだったから」

「元気でいいね」

二人の隠居が言う。

「今日はお宮参りで」

「そこの伊雑さんへ寄ってきたんです」

晴やの夫婦が答えた。

「そうかい。そりゃ息災間違いなしだ」

「丈夫な子に育つよ」

隠居たちは太鼓判を捺してくれた。

長床几の端に座り、おはるは向こうを向いておるみにお乳をやった。そのあいだに優之進が注文する。餡餅とからみ餅と茶だ。

お乳を呑んで満足したのか、ずいぶんぐずっていたおるみがようやく泣きやんだ。

「はいはい、いい子ね」

おはるがなおもあやす。

「おっ、猫が来たぞ」

優之進が指さす。

茶白の縞猫が短い尻尾(しっぽ)をぴんと立てて歩いてきた。

「うちにもいるわね、にゃーにゃ。ほら、かわいいね」

おはるが少しおくるみを近づけた。

むろん、まだ赤子には分からない。おるみはきょとんとしていた。

やっとひと息ついたので、餡餅とからみ餅を味わうことにした。

甘さが控えめで後を引く餡餅と、辛みのある大根おろしの風味が口いっぱいに広がるからみ餅。どちらも美味だった。

「おいしい」

餡餅を食したおはるのほおにえくぼが浮かんだ。

「餅もしっかりしているな」

優之進がうなずく。

「そういえば、しばらくうどんを出してないかも」

おはるが言った。

「そうだな。なら、さっそく帰ってから打つか。生地をひと晩寝かせておけば、こしのあるうどんになる」

優之進が乗り気で言った。

「だったら、明日の中食はうどん膳ね」

と、おはる。

「茸飯と天麩羅をつけるか。刺身も添えれば豪勢だ」

優之進が笑みを浮かべた。

「そうね。そうしましょう」

おはるがいい声で答えた。

六

晴やに戻った優之進は、明日の仕込みを始めた。

豆を水につけてから、うどんを打つ。

時節によって塩加減を変えるほかは、いたって簡明なつくり方だ。粉を水でのばしてまとめ、うどんの生地を打つ。

うまくなれ、うまくなれと念じながら、心をこめて打つ。

ぱしーん、ぱしーん、とうどん玉を大鉢にたたきつける小気味いい音が響く。

そのたびに、黒兵衛がびくっと身をふるわせた。

「大丈夫よ」

おはるがおかしそうに言った。

「おれがおるみを見てるから、先に湯屋へ行っておいで」

優之進がうながした。

むろん、赤子をつれてはいけないから、代わるがわるに行くしかない。

「なら、急いで行ってこようかしら。あんまりぐずったら、おすまさんにもらい乳を」

おはるは同じ長屋の女房の名を出した。
「ああ、分かった」
優之進はそう答えると、またうどん玉に手を伸ばした。
支度を調えたおはるは、最寄りの湯屋に向かった。
まだ日は高い。湯屋の客はまばらだった。
一人の女房が十くらいの娘をつれて来ていた。
お団子を食べに行きたい。
ああ、いいわね。
母と娘はそんな会話をかわしていた。
おるみがあれくらいの歳(とし)になったら、あんな話をするようになるかしら。
それまで、どうか無事に育って。
おはるはそう祈らずにはいられなかった。

七

翌日――。
晴やの前に貼り紙が出た。

けふの中食
きのこうどん　たきこみごはん
さしみもりあはせ
三十食かぎり三十文

生地をひと晩寝かせてから延ばして切ったうどんは上々の仕上がりだった。炊き込みご飯には水をたっぷり吸ってふっくらした豆がふんだんに入っている。名脇役の油揚げもいつとめだ。

茸は三種。松茸と椎茸と平茸だ。ここに蒲鉾と葱が加わる。

うどんと飯が精進なので、朝獲れの魚の刺身をつけた。おかげでにぎやかな膳になった。

「おう、今日来てよかったな」

「普請場(ふしんば)さまさまだ」

鯨組の大工衆の箸が小気味よく動く。

「松茸まで入ってるからよ」

「香りがいいや」

土間に陣取ったなじみの左官衆が言った。

「うどんも剣術もこしが肝要だな」

不二道場の道場主が言う。

「まことに」

「これを食せば、いい剣筋になりそうです」

門人たちが満足げに答えた。

おくるみに入れたおるみを抱いて、おはるは勘定場に座っていた。

「おお、今日は機嫌よさそうだな」

「泣いてねえぜ」

「しゃべらなくても看板娘だからな」

河岸で働く男たちが口々に言った。

茸うどん膳はいたって好評だった。

「秋を食ったようなもんだな」

「天麩羅がありゃ、なおよかったんだが」

「そうそう、海老天とかよ」

いち早く食べ終えた大工衆が言った。

「では、次は天麩羅を添えてみます」

優之進が厨から言った。

「おう、頼むぜ」

「また来るわ」

鯨組の大工衆は上機嫌で出ていった。

「毎度ありがたく存じました」

おはるの声が弾んだ。

「残り三名様でございます」

おまさが表へ出て声をあげる。

「危ねえ、間に合ったぜ」

常連の植木職人が足を速めた。

「天佑なりわれ中食に間に合えり……字余りなし」

講釈師の大丈が顎鬚をねじった。

そんな調子で、晴やの中食は滞りなく売り切れた。

八

豆は惣菜でもいい働きを見せた。

ひじきの五目煮には、豆のほかに油揚げと細切りの人参と薄切りの蓮根が入る。具だくさんで身の養いにもなる惣菜だ。

このほかに、金平牛蒡、高野豆腐、大根菜の胡麻和え、それに、秋刀魚の蒲焼きも焼いた。

蒲焼きの匂いは何よりの引札だ。女房衆ばかりでなく、長屋の居職の男も来て、惣菜は次々に買われていった。

その波が引いたころに、一人の男が急ぎ足で入ってきた。

「あら、猛さん」

おはるが声をかける。

「おう、水を一杯くんな」

猛兵衛が右手を挙げた。

「承知で」

優之進がさっそく柄杓(ひしゃく)に水を汲んで渡した。

廻り方同心がのどを鳴らしてうまそうに呑む。

「晴やで力水をつけてもらったから、またひと気張りだ」

よく焼けた顔から白い歯がのぞいた。

「ご苦労さまです」

おくるみを抱いたおはるが頭を下げた。

「なに、つとめだからよ。そうそう、長井の旦那から、『向後も町場の関所をしっかり頼む』と」

猛兵衛は声色(こわいろ)を遣って伝えた。

「うちはただの料理屋なので」

優之進は苦笑いを浮かべた。

「いや、そのただの料理屋が関所なのが味噌でよう。晴やがほうぼうにあったら、江戸で悪さをするやつはなくなるぜ」

と、猛兵衛。

「そうなるといいんですけど。……ああ、よしよし、いい子ね」

おはるはちょっとあいまいな顔つきになったおるみをあやした。

「なら、また来るぜ」

猛兵衛はさっと右手を挙げた。

「ご苦労様で」

「お気をつけて」

晴やの夫婦の声がそろった。

九

二幕目も千客万来だった。

仕事にきりがついた桐板づくりの職人衆がやってきて、座敷に陣取った。

ほどなく、二人の隠居も来た。

山城屋の佐兵衛と相模屋の七之助だ。佐兵衛にはお付きの手代もいる。

「勝手に持ってきてしまったんですが、新たな料理の指南書が出たもので」

地本問屋の隠居が風呂敷包みをかざした。

「あきないがうまいね、相模屋さん」

佐兵衛が笑みを浮かべる。

「指南書でしたら、拝見しますよ」

優之進が乗り気で言った。

座敷には刺身と秋刀魚の蒲焼きが出ていた。むろん、酒もある。次は天麩羅を揚げる構えだ。

指南書は『諸国料理早指南』だった。

日の本の北から南まで、諸国の名物料理のつくり方が記されている。

「これはぜひ買わせていただきます」

中をあらためた優之進が笑顔で言った。

「持ってきた甲斐がありました」

七之助が笑みを返した。

「これからは江戸で諸国のお料理をお出しできるかも」

おはるが言った。

「そりゃあ、ありがてえ」

「居ながらにして、日の本じゅうのうめえもんを食えるぞ」

座敷の職人衆の声が弾んだ。

「いや、いきなりそこまでは難しいですが、追い追い勉強いたしますので」

天麩羅の支度をしながら、優之進が言った。

「おう、ちょっとずつな」

「桑名の蛤(はまぐり)が食いてえ」

「蛤なら、江戸でも獲れるぜ」

「なら、それでいいや」

座敷の客はにぎやかだ。

ほどなく、天麩羅が揚がりだした。

茸からは松茸を選んだ。

網焼きもいいが、天麩羅もまた格別だ。

「おまえはいい子だね」

手代の竹松が黒兵衛をなでてやっている。

晴やの看板猫は気持ちよさそうにのどを鳴らしていた。

「おとうのつとめぶりを見ようか」

おはるはおるみに言った。

むろん、返事はないが、いまは機嫌よさそうにしている。

「よし、揚げるぞ」

優之進は衣をつけた松茸を鍋に投じ入れた。

たちまちいい音が響く。

「あの音が小さくなって、『おいしく揚がったよ』と浮いてきたら出来上がりよ」

おくるみを抱いたおはるが言った。

「天麩羅が教えてくれるんだ」

優之進が白い歯を見せた。

ややあって、音が静かになってきた。

「もうじきよ」

おはるが娘に言う。

「よし」

優之進は菜箸をつかんだ。

浮いてきた松茸の天麩羅を素早くはさむ。

そして、しゃっと小気味よく油を切った。

「ほら、できた」

晴やのおかみの明るい声が響いた。

［参考文献一覧］

田中博敏『お通し前菜便利集』（柴田書店）
田中博敏『旬ごはんとごはんがわり』（柴田書店）
畑耕一郎『プロのためのわかりやすい日本料理』（柴田書店）
『一流板前が手ほどきする人気の日本料理』（世界文化社）
『人気の日本料理2　一流板前が手ほどきする春夏秋冬の日本料理』（世界文化社）
『一流料理長の和食宝典』（世界文化社）
野﨑洋光『和のおかず決定版』（世界文化社）
おいしい和食の会『和のおかず【決定版】』（家の光協会）
志の島忠『割烹選書　春の料理』（婦人画報社）
志の島忠『割烹選書　四季の一品料理』（婦人画報社）
中村孝明『和食の基本』（新星出版社）
土井勝『日本のおかず五〇〇選』（テレビ朝日事業局出版部）
松下幸子・榎木伊太郎編『再現江戸時代料理』（小学館）
野口日出子『魚料理いろは』（高橋書店）

鈴木登紀子『手作り和食工房』（グラフ社）
『復元・江戸情報地図』（朝日新聞社）
日置英剛編『新國史大年表　五-Ⅱ』（国書刊行会）
今井金吾校訂『定本　武江年表』（ちくま学芸文庫）
菊地ひと美『江戸衣装図鑑』（東京堂出版）
西山松之助編『江戸町人の研究　第三巻』（吉川弘文館）

ウェブサイト「産婦人科デビュー.com」
ウェブサイト「teniteo」
ウェブサイト「LINE NEWS」
ウェブサイト「グルメノート」

光文社文庫

文庫書下ろし／長編時代小説

ほっこり粥(がゆ)　人情(にんじょう)おはる四季料理(しきりょうり)(二)

著者　倉阪鬼一郎(くらさかきいちろう)

2023年10月20日　初版1刷発行

発行者	三宅貴久
印刷	堀内印刷
製本	ナショナル製本

発行所　株式会社　光文社

〒112-8011　東京都文京区音羽1-16-6

電話(03)5395-8147　編集部

8116　書籍販売部

8125　業務部

ISBN978-4-334-10081-0　Printed in Japan

組版　萩原印刷

光文社時代小説文庫　好評既刊

幸福団子　倉阪鬼一郎
陽はまた昇る　倉阪鬼一郎
本所寿司人情　倉阪鬼一郎
晴や、開店　倉阪鬼一郎
江戸猫ばなし　光文社文庫編集部編
黄金観音　小杉健治
女衒の闇断ち　小杉健治
朋輩殺し　小杉健治
世継ぎの謀略　小杉健治
妖刀鬼斬り正宗　小杉健治
雷神の鉄槌　小杉健治
花魁心中　小杉健治
烈火の裁き　小杉健治
暗闇のふたり　小杉健治
同胞の契り　小杉健治
駆ける稲妻　小杉健治
欺きの訴　小杉健治

翻りの訴　小杉健治
情義の訴　小杉健治
其角忠臣蔵　小杉健治
五戒の櫻　小杉健治
暁の雹　小杉健治
御館の幻影　近衛龍春
にわか大根　近藤史恵
ほおずき地獄　近藤史恵
寒椿ゆれる　近藤史恵
烏金　西條奈加
はむ・はたる　西條奈加
涅槃の雪　西條奈加
ごんたくれ　西條奈加
猫の傀儡　西條奈加
無暁の鈴　西條奈加
流離　決定版　佐伯泰英
足抜　決定版　佐伯泰英

光文社文庫最新刊

蘇れ、吉原　吉原裏同心㊵	佐伯泰英
神君狩り　決定版　夏目影二郎始末旅㈤	佐伯泰英
闇先案内人　上・下	大沢在昌（ありまさ）
ヒカリ	花村萬月
宝の山	水生大海（みずきひろみ）
アンソロジー　嘘と約束	アミの会

光文社文庫最新刊